Leselust
für 50 plus!

Für meine Kinder
und ihren perfekten Leih-Opa

Anja Stroot

* * *

Leselust
für 50 plus!

Heitere Kurzgeschichten
für schöne Stunden

Bibliografische Information der Deutschen
Nationalbibliothek:
Die Deutsche Nationalbibliothek verzeichnet diese
Publikation in der Deutschen Nationalbibliografie;
detaillierte bibliografische Daten sind im Internet über
http://dnb.d-nb.de abrufbar.

Leselust für 50 plus!
Copyright 2010 Anja Stroot, Autorin
Lektorat: Renate Marx
Bild Buchcover: Copyright João Freitas – Fotolia.com
Herstellung und Verlag: Books on Demand GmbH,
Norderstedt

ISBN 978 3 8391 4178 6

Inhalt

VORWORT

Lesen ist eine wunderbare Möglichkeit, für kurze Zeit den Alltag zu vergessen. Ob man in fremde Welten eintaucht oder Einblick in das Leben anderer Menschen bekommt, in jedem Fall unterhält es einen und nährt den Geist. Einige Geschichten stimmen möglicherweise nachdenklich, andere bringen Sie vielleicht sogar zum Lachen. Ein Lächeln auf Ihr Gesicht zu zaubern, ist für mich der größte Erfolg.

Zum Schutz der beteiligten Personen wurden alle Namen und alles, was Rückschlüsse auf die Personen zulässt, geändert. Eventuelle Ähnlichkeiten sind zufällig und keinesfalls beabsichtigt.

Die Geschichten sind durchweg kurz gehalten und in einer gut lesbaren Schriftgröße verfasst. Ich habe sie viele Jahre gesammelt, um Ihnen mit dieser Auswahl diejenigen präsentieren zu können, die mich am meisten berührt haben. Ich wünsche Ihnen, liebe Leser, viel Freude damit!

Anja Stroot

Aus dem Leben erzählt …

* * *

Der Rosenflüsterer

Aus Anlass seines 70sten Geburtstages veranstaltete Josef eine Geburtstagsfeier. Er bestellte ein tolles Buffet, Getränke und was sonst noch dazu gehört. Als alles für den großen Tag vorbereitet war, lud er seine Familie, Freunde und Bekannten ein. Die Feier sollte in seinem selbst gebauten Wintergarten stattfinden. Dieser bot genug Platz für alle Gäste. Er war zwar nicht beheizt, aber das war ja im September auch noch nicht unbedingt notwendig.

Als der große Tag gekommen war, kamen die Gäste von nah und fern. Jeder von ihnen brachte natürlich Geschenke für ihn mit. Er nahm sie dankend an und stellte sie erst einmal zur Seite. Am nächsten Tag wollte er sie sich in Ruhe ansehen.

Einer seiner Gäste hatte zuvor noch bei einem Händler am Straßenrand angehalten und eine langstielige rote Rose für ihn gekauft. Josef wickelte diese sofort aus. Da er so schnell keine Blumenvase zur Hand hatte, nahm er ein benutztes Bierglas von der Spüle, füllte es mit Leitungswasser und stellte die Rose kurzerhand hinein. Sie würde die nächste Zeit einen Tisch in seinem unbeheizten Wintergarten schmücken, dachte er. Josef gefiel sie sehr, denn sie war wirklich wunderschön. Leuchtend rot von der Farbe, dazu ein ganz besonders schöner Duft. Wirklich eine herrliche Rose. Was er zu jenem Zeitpunkt noch nicht ahnte war, dass genau diese Rose ihm besonders lange Freude bereiten würde.

Denn was jedem unglaublich erschien, trat hier ein. Sieben Wochen später blühte diese Rose noch immer wie am ersten Tag. Eine botanische Sensation, die sich auch die Tagespresse nicht entgehen lassen wollte. Reporter besuchten ihn und wollten natürlich wissen, wie er das geschafft hatte. Jeder, der davon hörte, schüttelte nur ungläubig den Kopf. Befragte Floristinnen gaben einer Rose maximal zwei Wochen Blütezeit, aber mehr als 50 Tage seien einfach unvorstellbar. Josef selbst sagte dazu: „Ich kann mich darüber auch nur wundern" und zuckte mit den Schultern. Der Reporter fragte: „Welches Wasser und welche Zusätze haben Sie der Rose denn gegeben? Wie oft haben Sie das Wasser gewechselt?". „Ich habe keinen Dünger genommen, nur Leitungswasser. Gewechselt habe ich das Wasser gar nicht, weil es schon seit langem nicht mehr weniger wird", antwortete er. Inzwischen war es im Wintergarten schon sehr kühl geworden und dennoch behielten die Rosenblätter ihre leuchtend rote Farbe. Es grenzte an ein Wunder, und man nannte Josef einen "Rosenflüsterer mit magischen Händen".

Damit das auch so blieb, half er später noch etwas nach. Zum Schutz der Rose stellte er stachelige Kakteen daneben. „Sonst wirft die neugierige Katze sie noch aus Versehen um.

Außerdem ist nun auch Rauchverbot im Wintergarten, damit die Rose nicht die Blätter von dem Qualm fallen lässt!", meinte er.

Einige Wochen später lebte die unvergängliche Rose noch immer, zwar nicht mehr in leuchtend rot, aber dafür hatte sie inzwischen Wurzeln angesetzt und Josef hat sie liebevoll eingepflanzt. „Sie hat zwischendurch nicht mehr so gut ausgesehen, aber deshalb muss man sie ja nicht gleich wegwerfen. Vielleicht ist das ja auch ein Zeichen, dass ich genauso unvergänglich bin, wie diese Rose. Dann bleibe ich die nächsten 30 Jahre so fit wie ich jetzt bin!", sagte er und lächelte dabei. So blieb er allen als Rosenflüsterer in Erinnerung.

* * *

Urlaub in einer fremden Welt

Die wunderschönen Reiseprospekte hatten mich wieder einmal in Versuchung geführt. Bunte Hochglanzbilder mit traumhaften Beschreibungen. Aber wie würde es wirklich dort sein? Unser, das heißt meines Freundes und mein, Reiseziel waren die Malediven im indischen Ozean, nicht weit vom Äquator entfernt. Von dem Inselstaat mit seinen 2000 Inseln waren nur ca. 200 bewohnt. Das Klima dort ist das ganze Jahr über tropisch. Dieses Gebiet zählt zu den schönsten Tauchrevieren der Welt, sagt man.

Nach dem langen Flug, kamen wir auf der Flughafeninsel Hulule an. Von München waren das ca. 8.200 km. Beim Ausstieg aus dem klimatisierten Flugzeug, erfasste uns als erstes die Tropenhitze und wir brauchten einen Moment, um uns an die Temperatur zu gewöhnen. Da die Malediven ein Inselstaat sind, also aus vielen kleinen Inseln bestehen, mussten wir von dort weiter zu unserer gebuchten Insel Kandooma Fushi reisen. Wir wurden zu einem Steg geführt, wo das landestypische Verkehrsmittel, das Dhoni, bereits auf uns wartete. Ein Dhoni ist ein Boot, dass von der Form her ein bisschen an die Gondeln in Venedig erinnert. Natürlich etwas größer, damit mehrere Personen mit Gepäck transportiert werden können. Dieses kleine Boot brachte uns zu unserem Urlaubsziel. Unvergessen bleibt für mich der Moment, als ich zum Steg kam und zum ersten Mal den indischen Ozean sah. Das türkisfarbige Wasser war wirklich so leuchtend, dass es in meinen müden Augen brannte. Nie zuvor hatte ich ein Meer von dieser Schönheit gesehen.

Je weiter wir auf das Meer fuhren, desto kleiner kamen wir uns vor. In diesem kleinen Boot auf dem riesigen Ozean fühlten wir uns beinahe wie in einer Nussschale. Bald waren auch keine anderen Inseln mehr zu sehen. Soweit das Auge reichte gab es nur noch die unendliche Weite des Meeres. Es begann zu regnen. Für unser Gepäck gab es ein provisorisches Dach, für uns nicht. Einen Moment überlegten wir, welchen Regenschutz wir hätten. Aber dann war es ganz normal, sich vom Regen nass regnen zu lassen. Denn anders als bei uns war dieser Regen warm wie eine Dusche. Die Überfahrt dauerte einige Stunden. Und mit dem Regen stieg auch der Seegang. Ich wurde seekrank und fühlte mich elend. Dann jedoch, als wir die ersehnte Insel von weitem sahen, war es ein wunderschönes Gefühl nach so vielen Stunden endlich angekommen zu sein.

Als das Boot an den Steg heranfuhr, um anzulegen, traute ich meinen Augen nicht. Der ganze Steg wimmelte von riesigen Krebsen. Ich hielt es für unmöglich, diesen Steg zu betreten. Die Krebse würden mir in die Füße beißen, dachte ich. Der erste Einheimische sprang auf den Steg, um das Boot anzubinden. Plötzlich hörten wir ein kratzendes Geräusch und alle Krebse waren weg. Offensichtlich waren sie scheu und

hatten mehr Angst vor uns, als wir vor ihnen.
Die Trittfläche des Steges war nun frei.

Wir wurden in unser Appartement gebracht.
Die Bettlaken waren kunstvoll gefaltet und
mit bunten Blüten geschmückt worden. Eine
Bettdecke gab es nicht. Dafür gab es ein
weiteres Laken. Aber man brauchte natürlich
auch bei dem Tropenklima keines, denn es
war das ganze Jahr über warm (26-33 Grad)
und feucht. Auch die Schuhe hätte man
getrost zu Hause lassen können. Alle Wege
waren aus weichem Sand. Kalte Füße bekam
man nicht.

Die Bauweise war für uns Europäer sehr
gewöhnungsbedürftig. Zwischen dem oberen
Teil der Wand und dem Dach war eine große
Öffnung, so dass Tiere von draußen herein
konnten. Um unser Appartement herum war
die Insel wie ein Urwald bewachsen. Ich
wollte zur Toilette gehen und erschrak
fürchterlich: dort saßen kleine Geckos.
Schnell schloss ich die Tür wieder und bat
meinen Freund um Hilfe.

Wir stellten fest, dass auch diese Inselbewohner scheu und absolut ungefährlich waren. Einmal in die Hände klatschen reichte aus, um die Toilette allein benutzen zu können. Der Zwischenraum über der Wand war nicht nur zur Belüftung, sondern auch für die Geckos. Es sind nützliche Tiere, da in ihrer Nähe keine Moskitos sind. Wir gewöhnten uns schnell an unsere kleinen Mitbewohner, obwohl man auf dem Bett liegend immer das Gefühl hatte, sie könnten einem auf die Nase fallen, da sie auch unter der Decke liefen.

Nach der langen Anreise waren wir inzwischen so erschöpft, dass wir uns erst einmal ausruhen wollten. Das komplette Bettzeug fühlte sich klamm an. Ich holte Badelaken aus meinem Koffer und rollte mich darin ein. Aufgrund der Regenzeit war jeder Stoff hier klamm. Aber auch daran gewöhnte man sich schnell in dieser zauberhaften, wunderschönen, fremden Welt.

Wir waren auf einer einfachen Touristeninsel, das heißt einer kleinen, schnell umgehbaren Insel mit einigen Unterkünften und einem Restaurantbereich. Kandooma Fushi ist 500 m lang und 400 m breit. Sie befindet sich im Süd-Male Atoll.

Nur einige Meter von unserer Insel entfernt, befand sich eine weitere Insel, auf der ein kleiner Teil der einheimischen Bevölkerung lebte. Bei Ebbe konnten wir durch die Lagune zur Nachbarinsel laufen. Eines Abends, als wir noch am Strand saßen, brach die Dämmerung an. Aus der Ferne waren Trommeln zu hören. Wie aus dem Nichts flogen plötzlich riesige Flughunde über unsere Köpfe hinweg. Es schien, als würden sie durch die Dämmerung und das Trommeln aktiv. Sie flogen zwischen den Inseln hin und her. Es war ein beeindruckendes Schauspiel, ganz besonders, weil ich niemals zuvor Flughunde gesehen hatte. Bis dahin hatte ich nicht einmal gewusst, dass es sie überhaupt in Wirklichkeit gibt, ich kannte sie nur aus Gruselfilmen. Im ersten Moment überlegte ich tatsächlich, ob sie mir etwas antun würden. Doch sie interessierten sich nicht für uns Menschen und ließen sich ohne weiteres beobachten.

Im Vorfeld hatte ich gedacht, dass das Faulenzen an dem schönen Strand und das wunderbare, saubere Meerwasser mit seinen fast 30 Grad Wassertemperatur sicher genug Beschäftigung für mich seien. Denn ich war weder eine gute Schwimmerin noch am Tauchen interessiert. Als wir jedoch im Indischen Ozean zu schnorcheln begannen, verstanden wir auf Anhieb, warum dort eines der schönsten Tauchreviere der Welt war. Die dortige Unterwasserwelt mit ihrer unglaublichen Vielfalt an bunten Fischen und Korallen, mit ihrer Klarheit und den leuchtenden Farben ist mit Worten nicht zu beschreiben. Sie übte eine wahnsinnige Faszination auf uns aus. Riesige Fischschwärme nahmen uns Taucher in ihrer Mitte auf. Man konnte tatsächlich das Gefühl bekommen, nicht als Mensch sondern als Fisch in dem Schwarm mit zu schwimmen. Wenn man nachts zum Angeln mit aufs Meer fuhr, konnte man direkt neben dem Boot sehr große Rochen und Haie beobachten.

Ein kostbares Gut auf den Inseln ist das Wasser. Meerwasser gibt es genug, aber es ist salzig und muss erst aufbereitet werden, so dass es zum Beispiel auch zum Duschen benutzt werden kann. Zum Zähneputzen kauften wir uns Wasser in Flaschen. Was das Essen angeht, darf man natürlich nicht so wählerisch sein. Denn außer Kokosnüssen, Bananen, Fisch und Hühnern gibt es kaum eigene Produkte auf den Inseln. Alles muss vom Festland bzw. der Hauptstadtinsel zugekauft und mit dem Boot oder Wasserflugzeug zu den jeweiligen Inseln gebracht werden. Auch der Verpackungsmüll muss auf diese Weise wieder zurück transportiert werden. Dies rechtfertigt die Preise, die uns Europäern hoch erscheinen. Kurz mal einkaufen gehen kann man dort eben nicht.

Selbst das Bier wurde aus Malaysia importiert und es müssen ausländische Barkeeper eingestellt werden, da die Einheimischen aufgrund ihres Glaubens keinen Alkohol ausschenken dürfen.

Nach zweieinhalb Wochen im Paradies freut man sich wieder auf die europäische Küche. Ansonsten wäre ich vielleicht für immer dort geblieben, denn die Schönheit dieser faszinierenden, fremden Welt verzauberte mich sehr. Nur ungern verließ ich sie wieder. Ich nahm mir vor, zurück zu kehren.

Zwei Jahre später verbrachten mein Freund und ich unsere Flitterwochen auf den Malediven. Dieses Mal auf Veligandu Fushi. Wie auch bei unserer ersten Reise verblieb dieses Inselparadies lange in meinen Träumen. Bis heute löst nur ein einziger Gedanke daran bei mir Fernweh aus. Und nur das Wissen, dieses Inselparadies kennengelernt zu haben, macht es erträglich und mich glücklich zugleich. Wieder und wieder nehme ich mir vor, zurück zu kehren.

* * *

Der perfekte Leih-Opa!

Es war eine schöne Zeit, als Oma und Opa noch lebten. Sie waren immer für uns Kinder da. Mein Opa konnte tolle Geschichten erzählen, er war immer lustig und gut gelaunt. Im Garten spielte er mit uns "Rie-Ra-Ritz, jetzt kommt der alte Fritz", und wir hatten riesig Spaß.

Jetzt bin ich selbst Mutter von zwei Kindern. Schon bei der Geburt meines ersten Kindes lebten nur noch zwei der vier Großelternteile. Aber die beiden konnten leider nicht die richtige Oma- und Opa-Rolle einnehmen, so wie ich sie aus meiner Erinnerung kannte. Auch wohnten sie nicht im gleichen Ort wie wir.

Meine Großeltern lebten damals in dem gleichen Haus, in dem ich aufwuchs. Ich konnte sie täglich sehen und sprechen. Nachmittags konnte ich mich zu meinem Opa in den Sessel kuscheln, wenn er seinen Mittagschlaf hielt. Bei Oma konnte ich mir zwischendurch die Bonbons abholen, die sie in ihren Gewürzfächern versteckt hatte. Die anderen Großeltern wohnten zwar weiter entfernt, kamen aber hin und wieder für längere Zeit zu Besuch. Und wenn mein Opa mal kam, dann war der Spaß auf jeden Fall vorprogrammiert. Er hatte einen liebenswerten, unbeschreiblichen Humor, der ihn über seinen Tod hinaus für immer unvergessen für mich macht.

Mit zunehmendem Alter meiner Kinder wuchs in ihnen immer mehr der Wunsch nach richtigen Großeltern. Bei den Nachbarskindern konnten sie beobachten, wie täglich Oma und Opa zu Besuch kamen. Häufig brachten sie auch eine kleine Überraschung mit. Meine Kinder standen dann traurig am Fenster und fragten mich: „Warum kommt unsere Oma nicht?" Eines Tages kam mein Sohn von der Nachbarin nach Hause. Er erzählte voller Stolz: „Guck mal, Mama, das hat Oma für mich mitgebracht", und zeigte mir ein kleines Spielzeug. Er nannte eine andere Frau Oma, obwohl sie nicht seine richtige Oma war. Er schwärmte regelrecht von ihrer Liebenswürdigkeit und davon, dass sie so eine richtig nette Oma sei. Ich konnte ihn verstehen, denn sie war wirklich sehr nett. Aber sie hatte eben schon ihre eigenen Enkelkinder. Wie gerne wollte ich meinen Kindern eine richtige Oma und einen richtigen Opa bieten, konnte es aber leider nicht. „Wenn man doch Großeltern adoptieren oder ausleihen könnte", dachte ich. Das wäre die Lösung. Aber auch das wäre mit einem gewissen Risiko verbunden. Was wäre, wenn es nicht gut harmonieren würde? Es könnte auch neue Enttäuschungen mit sich bringen.

Als ich begann, wieder in meinem Beruf zu arbeiten, sprach ich mit einem älteren Kollegen. In diesem Gespräch ergab es sich, dass ich ihm von meiner Großelternnot mit all meinen Überlegungen, auch bezüglich des Leih-Opas, erzählte. „Ich könnte das doch machen", sagte er spontan. Er hatte nämlich noch keine Enkelkinder. Vollkommen überrascht musste ich erst einmal einen Moment nachdenken. Damit hatte ich nicht gerechnet. Wir verstanden uns gut, auch unsere Familien kannten sich schon. Die Vorzeichen waren nicht schlecht. „Warum nicht?", dachte ich. „Es ist einen Versuch wert". Fortan besuchten wir uns öfter. Es entstand eine gute Freundschaft zwischen unseren Familien. Die Kinder gehen mit ihrem Leih-Opa schwimmen und albern mit ihm herum. Sie freuen sich auf ihn, und er freut sich auf sie. Er spielt mit ihnen, erzählt ihnen spannende Geschichten und hat sogar ein tolles Spielhaus für sie gebaut. Sie bekommen Zeit und Aufmerksamkeit von ihm, und das macht nicht nur meine Kinder glücklich, sondern auch mich. Wenn wir ihn brauchen, ist er für uns da und anders herum wir für ihn! So, wie es sein soll.

Zuerst haben wir etwas vermisst, dann haben wir danach gesucht und letztendlich haben wir ihn gefunden: den perfekten Leih-Opa! Schön, dass es so etwas gibt!

Ein besonderes Geschenk

Ihre Freundschaft begann in einem Urlaub in Spanien. Dort lernte Marie Paul und Emma kennen. Vom ersten Augenblick an waren sie sich sympathisch. Sie hatten viel Spaß zusammen.

Als sie wieder zu Hause waren, hielten sie den Kontakt weiterhin aufrecht, indem sie sich Briefe schrieben, telefonierten oder sich sogar gegenseitig besuchten. Und das, obwohl sie drei Autostunden voneinander entfernt wohnten.

Wenn Marie bei ihnen war, bewunderte sie immer deren Wohnung, die mit sehr ausgefallenen Möbelstücken ausgestattet war. Diese waren von Paul selbst entworfen und gebaut worden. Das Design gefiel Marie so sehr, dass sie am liebsten auch gleich all diese Möbel für sich gehabt hätte. Aber sie waren natürlich unverkäuflich. Eben Einzelstücke, deren Herstellung mit viel Arbeit und Zeit verbunden war.

Irgendwann war es dann soweit, dass auch Marie ihre lang ersehnte, erste eigene Wohnung bekam. Beim Einrichten musste sie sich allerdings etwas zurückhalten, weil ansonsten ihr finanzieller Rahmen gesprengt worden wäre. Einige Sachen, so wie das Sofa zum Beispiel, durfte sie von ihren Eltern mitnehmen. Ihr alter Kleiderschrank sowie eine Matratze kamen in das neue Schlafzimmer. Und auch wenn vieles nur sehr einfach ausgestattet war, so machte ihre eigene Wohnung sie doch sehr glücklich. Zum ersten Mal hatte sie die Möglichkeit die Wände mit ihren selbst aufgenommenen Fotografien zu dekorieren. Im Wohnzimmer stand ein schöner neuer Schrank mit Glasvitrine für Porzellan. Dazu das Sofa ihrer Eltern, leider ohne Couchtisch. „Aber alles geht eben nicht auf einmal", dachte sie sich.

Nach einer Weile hätte sie aber doch gerne einen Tisch dort gehabt, weil auf dem Teppichboden die Gläser so schlecht stehen blieben. Da es aber auch ein schöner Tisch sein sollte, würde sie wohl noch einige Zeit dafür sparen müssen.

Wie in jedem Jahr feierte Marie ihren Geburtstag mit ihren Freunden. Dieses Mal allerdings in ihrer ersten eigenen Wohnung. Alle Gäste waren bereits da. Die Stimmung war super, als es noch einmal unerwartet an der Haustür klingelte. „Wer kann das noch sein?", fragte sich Marie.

Es war Überraschungsbesuch! Paul und Emma standen vor der Tür. Sie waren tatsächlich spontan zu ihrem Geburtstag gekommen! Sie hatten die weite Fahrt auf sich genommen, nur um Marie zu über-raschen. Und das war ihnen auch gelungen. Sie freute sich riesig darüber. Natürlich sollten sie direkt mit herein kommen, aber sie zöger-ten noch. Und was dann kam, war eine noch größere Überraschung!

In der Dunkelheit gingen Paul und Emma ein paar Schritte auseinander, damit Marie ihr Geschenk sehen konnte. Erst jetzt erblickte sie vom Treppenabsatz aus den Couchtisch, der zuvor noch bei Paul und Emma im Wohnzimmer gestanden hatte. Der selbst entworfene, perfekte Couchtisch! Der Tisch, der Marie so unglaublich gut gefallen hatte, stand jetzt vor ihr. Und sie durfte ihn vor ihre Couch stellen, denn es war jetzt ihrer! Die Vorstellung, nicht nur einen zweckmäßigen Tisch zu besitzen, sondern eben genau diesen, haute sie um! Sie hätte es nie zu hoffen gewagt. Tränen überströmten in diesem Augenblick ihr Gesicht. Sie weinte vor Rührung und vor Freude. Nie zuvor und auch bis heute nicht wieder erhielt sie ein Geschenk, das ihr so viel bedeutete.

* * *

Alleinerziehend mit Siebzig

Herr Schulze war schon mehr als 25 Jahre glücklich mit seiner Frau verheiratet. Sie hatten zwei Kinder, die bereits volljährig waren. Frau Schulze war schon viele Jahre krank und auf Hilfe von ihrem Mann angewiesen. Dieser pflegte sie liebevoll über viele Jahre. Als Herr Schulze 56 Jahre alt war, starb seine Frau im Alter von nur 52 Jahren, und er stand plötzlich ganz alleine da. Die Kinder waren bereits ausgezogen. Er war sehr einsam und wollte etwas dagegen unternehmen.

Schon sehr lange hatte er von einer Flugreise geträumt. Diesen Traum wollte er sich jetzt erfüllen. So flog er schon kurze Zeit später alleine nach Afrika. Begeistert kehrte er von seiner Reise zurück. Sie hatte ihm so gut gefallen, dass er kurz darauf wieder das Reisebüro aufsuchte und direkt den nächsten Urlaub buchte. Dieses Mal flog er nach Südosteuropa.

Als er schließlich zurückkehrte, hatte er innerhalb kürzester Zeit bereits feste Pläne. Er hatte dort eine junge Frau kennengelernt, die er nach Deutschland holen wollte. In ihrem Land habe sie kein gutes Leben, erzählte er. Sie müsse Tag und Nacht für einen Hungerlohn arbeiten und habe keine richtige Familie. Von sich aus habe sie ihn gefragt, ob er sie nicht mitnehmen könne. Sie würde ihm den Haushalt machen, ihn unterhalten und ihn pflegen, wenn er krank wird und letztendlich könnte sie ihm auch eine gute Ehefrau sein. Warum er sich tatsächlich darauf einließ, war für viele unverständlich. Sicherlich aber waren seine Einsamkeit und Mitleid mit der jungen Frau ausschlaggebende Gründe für diese Entscheidung.

Herr Schulze brachte also eine junge Frau aus Südosteuropa mit nach Deutschland. Sie konnte kein einziges Wort Deutsch sprechen. Wenn man ihn fragte, wie sie sich denn überhaupt verständigen könnten, dann sagte er: „Wenn man sich liebt, versteht man sich auch ohne Worte!". Von seinen Freunden und der Familie gab es niemanden, der ihm zusprach. Beinahe alle aus seinem Umfeld distanzierten sich von ihm. Sicher gönnte man ihm ein neues Glück, aber dass seine neue Frau einige Jahre jünger als seine eigenen Kinder war, irritierte alle.

Die junge Frau wurde kurz nach ihrer Ankunft in Deutschland 18 Jahre alt. Nachdem sie ein Vierteljahr hier war, war ihr Visum abgelaufen. Zu dem Zeitpunkt gehörte ihr Herkunftsland noch nicht zur Europäischen Union, sie hätte also eigentlich abreisen müssen. Sie wollte aber auf keinen Fall in den Teufelskreis der Armut zurück kehren. So flehte sie Herrn Schulze an, doch bei ihm bleiben zu dürfen, egal um welchen Preis. Sie würde ihn lieben trotz des Altersunterschieds von 38 Jahren. „Ich bringe es nicht übers Herz, sie zurück zu schicken. Hier geht es ihr viel besser als in ihrer Heimat und ich bin nicht mehr so alleine", sagte Herr Schulze. Seine Tochter meinte: „Aber Papa, sie muss doch nach Ablauf von drei Monaten zurück."

„Nicht, wenn ich sie heirate!", entgegnete er.

„Du glaubst doch nicht ernsthaft, dass sie dich liebt! Du bist fast 40 Jahre älter als sie!", gab ihm seine Tochter zu bedenken. „Das ist mir egal. Wir lieben uns. Wenn sie mich in ein paar Jahren verlässt, dann habe ich zumindest die Zeit bis dahin noch gut gelebt", verteidigte er seine Entscheidung.

Wie angekündigt, heirateten sie. Drei Jahre später wurde ihre erste Tochter geboren und noch fünf Jahre später die zweite Tochter. Entgegen allen Erwartungen hielt die Ehe sogar zehn Jahre.

Danach allerdings ging die junge Frau wieder ihre eigenen Wege ohne Herrn Schulze und ihre gemeinsamen Kinder. Sie suchte sich einen neuen, jüngeren und vermögenderen Mann, der sich aufgrund einer starken körperlichen Behinderung sehr einsam fühlte. Interessanterweise hatte sie immer wieder Beziehungen nur mit solchen Männern, von denen man annehmen konnte, dass sie aufgrund irgendwelcher Umstände nicht so leicht eine Partnerin finden würden. Taktik oder Liebe? Man sagt, sie habe inzwischen neben einem neuen Auto, Schmuck, modernster technischer Ausstattung auch ein ansehnliches Vermögen angesammelt. Weitaus mehr, als man es in diesem Zeitraum mir ehrlicher Arbeit hätte verdienen können. Ihre Familie lebt inzwischen ebenfalls in der Nähe von Frankfurt.

Manchmal dürfen die Kinder ihre Mutter auch besuchen, wenn es ihr gerade recht ist. Ansonsten ist Herr Schulze mit seinen mittlerweile 71 Jahren tatsächlich ein guter, alleinerziehender Vater. Seine Töchter aus zweiter Ehe sind fünf und zehn Jahre alt und er möchte sie um nichts in der Welt missen, denn sie halten ihn jung und geben ihm das Gefühl gebraucht zu werden. Aber ob er noch einmal alles genauso machen würde?

* * *

Das größte Glück auf Erden

Anna saß in ihrem Schaukelstuhl. Ihr graues
Haar fiel auf ihre Schultern. Sie lächelte.
Heute war ihr 70ster Geburtstag. Aus diesem
Anlass war jemand von der Zeitung zur
Gratulation gekommen. Er fragte: „Was ist
das Schönste, was sie in ihren 70 Jahren
erlebt haben?" Anna überlegte einen Mo-
ment. Dann antwortete sie: „Das kann ich
Ihnen wohl sagen. – Es ist ziemlich genau 40
Jahre her. Ich verbrachte meinen Urlaub in
Afrika. Dieses Land mit seiner Schönheit
faszinierte mich unglaublich. Als ich abreisen
musste, blickte ich wehmütig auf die schönen
Wochen zurück. Ich war schon am Flughafen
für den Abflug bereit, als sich dieser um drei
Stunden verzögerte. Ein gutes Buch und
Kaffee sollten mir die Zeit eigentlich vertrei-
ben. Das Bistro war voll, als ich nach einem
Platz suchte. An einem Tisch, wo bereits ein
Schwarzafrikaner saß, war noch ein Platz frei.
Ich setzte mich dazu. Zum Lesen kam ich

allerdings nicht, denn wir kamen ins Gespräch. Er hieß John, hatte mein Alter, sprach sehr gut unsere Sprache und arbeitete auf dem Flughafen. Wir unterhielten uns über alles Mögliche. Es war ein sehr angenehmes Gesprächsklima. Ich fühlte mich in seiner Gegenwart sehr wohl. Als ich mich verabschieden musste, reichte ich ihm meine Hand. Er hauchte einen Kuss darauf. Dann sah er mir in die Augen, trat einen Schritt auf mich zu und fragte mich, ob ich ihn heiraten wolle. Ich war einen kurzen Moment sprachlos. Für lange Überlegungen war keine Zeit. Spontan willigte ich ein, denn nie zuvor war ich mir so sicher gewesen. Schnell verabredeten wir noch einen Flug, mit dem er nach Deutschland kommen wollte. Einen Kuss zum Abschied und weg war ich.

Wieder zu Hause, dachte ich an John. Ob er wohl kommen würde? Als es soweit war, dass ich zum Flughafen fuhr, um ihn abzuholen, breitete sich langsam die Angst in mir aus, es könnte nur ein Traum gewesen sein. Der Flug hatte auch noch Verspätung und so wartete ich. In der Zwischenzeit hatten wir keinen Kontakt gehabt. Von solchen Gedanken geplagt, sah ich ihn plötzlich suchend in der Halle umher laufen. Ich sprang auf, und als er mich erblickte, rannten wir uns in die Arme. Er war wirklich gekommen! Wir heirateten kurz darauf. Es war Liebe auf den ersten Blick. John und ich hatten eine sehr schöne Zeit. Zusammen haben wir drei Kinder. Jetzt sind wir schon 40 Jahre verheiratet. Nie war ich unglücklich in dieser Zeit und nie habe ich an meiner Entscheidung gezweifelt. Er ist der liebste Mann, den sich eine Frau wünschen kann. Wenn er gleich nach Hause kommt, werde ich sie bekannt machen."

„Aber Sie kannten ihn doch gar nicht und haben ihn trotzdem geheiratet? Hatten Sie keine Angst, dass es schief gehen könnte?", fragte der Herr von der Zeitung. „Natürlich hätte es auch schief gehen können. Aber auch die lange Zeit die man jemanden kennt, gibt einem nicht die Garantie dafür, dass es gut geht! Und ich hatte sofort ein besonderes Gefühl als ich John das erste Mal in die Augen sah. Für mich ist er das größte Glück auf Erden!"

* * *

Der Full-Time-Job eines Schutzengels

Die Nachricht, ein Kind zu erwarten, machte mich unendlich glücklich. Das Wunder, wie neues Leben entsteht, mit dem eigenen Körper mitzuerleben ist wirklich beeindruckend. Die Vorfreude auf die Ankunft des Babys ist riesig. Alles, was man über Geburt und Kinder hört, ist ausschließlich positiv. Daher nahm ich an, dass alles wirklich wunderschön und einfach sein würde.

Die schwere Geburt, Brustentzündungen, Stillprobleme, Schlafentzug und viele schlaflose Nächte gehörten dazu und waren schnell verdrängt. Mein erstes Kind war ein Junge namens Leon. Ich kann mich wirklich nicht beschweren, denn er war zumindest im ersten Jahr sehr pflegeleicht. Wenn er lächelte oder Fortschritte machte, schmolz ich dahin. Das entschädigte mich für Alles!

Aber als er mit einem Jahr zu laufen begann, kamen die ersten kleinen Unfälle. Ständiges Hinfallen, verbunden mit Beulen und

Kratzern, war an der Tagesordnung. Manchmal dachte ich, dass er auch wirklich über jeden Stein stolperte, der draußen lag.

Im Kinderbettchen wurde es ihm schnell zu langweilig. Deshalb legte er kurzerhand Decke und Kissen aufeinander, so dass der Ausstieg über das Bettende kein Problem mehr darstellte. Er ließ sich einfach über das Bettende fallen. Die Finger streckte er immer im allerletzten Moment aus und klemmte sie sich, trotz unserer intensiven Aufmerksamkeit, ständig ein. In Türen, Fenster und - das Schlimmste - im Kofferraumdeckel.

Ein Schock für ihn und auch für mich. Die Kofferraumklappe fest geschlossen und die Hand dazwischen. Ich dachte, wenn ich den Kofferraum öffne, würden die Finger herunter fallen. Aber so war es nicht. Die Finger waren auf Millimeter zusammengequetscht. Vollkommen aufgelöst rasten wir wieder einmal zum Krankenhaus. Es war nicht zu glauben, aber die Finger hatten nichts abbekommen. Nicht einmal gebrochen waren sie. Ein anderes Mal stand ich neben dem Hochstuhl, als er plötzlich seinem Keks hinterher sprang und mit dem Kopf auf den gefliesten Boden knallte. Ich stand zwar daneben, konnte es aber nicht verhindern. Es geschah im Bruchteil von Sekunden. Ein Schock folgte dem anderen! Ich zweifelte an meiner Fähigkeit als Mutter. Tränen, Sorgen und Angst, immer wieder. Nie hörte man von anderen, dass ihnen auch so etwas passierte. Bei anderen war immer alles in Ordnung. Solche Sachen werden verschwiegen, obwohl sie doch menschlich sind. Man kann noch so gut aufpassen, diese Unfälle passieren trotzdem.

In einem Restaurant biss Leon einmal beim Trinken ein Glas kaputt und verschluckte die Scherben. Was da alles hätte passieren können! Aber es passierte nichts.

Bei Oma zu Besuch, stolperte er in der Küche und fiel mit dem Gesicht auf einen spitzen Schrankgriff. Das Ergebnis war eine Platzwunde am Auge und eine blutende Nase.

Als ich mit meinem zweiten Kind hochschwanger war, saßen wir beim Frühstück. Ich holte mir Kaffee, er holte sich das Brotmesser. Nur eine Sekunde brauchte er, um sich kräftig damit in den Finger zu schneiden. Es blutete, er schrie wie am Spieß, und mit den Nerven am Boden fuhren wir wieder schnell zum Krankenhaus. Der Finger wurde geklebt, alles war wieder gut.

Trotz der vielen Aufregung sind meine Kinder für mich die schönste Herausforderung die es gibt. Das Leben mit ihnen erfordert Liebe, Aufmerksamkeit und starke Nerven. Dennoch möchte ich keinen Moment mit meinen Kindern missen. Leons Schutzengel hatte wirklich einen Full-Time-Job und hat seine Arbeit sehr gut gemacht. Dafür bin ich ihm sehr dankbar. Er hat uns in vielen Situationen vor Schlimmerem bewahrt. Wir hoffen, dass dieser fleißige Engel uns nie verlässt.

* * *

Knödel in Tüten

Seitdem mein Opa gestorben war, lebte
meine Oma mit ihren 82 Jahren allein in ihrer
Wohnung. Sie war kein einfacher Mensch und
hatte daher häufig Ärger mit ihren Nachbarn.
Als ihr eines Tages der ständige Streit zu
anstrengend wurde, verkündete sie
kurzerhand: „Ich werde in Urlaub fahren.
Habe mir schon ein schönes Hotel ausgesucht.
Dort kann man auch sehr gut essen. Ich lade
euch ein, mich dort einmal zu besuchen!"
   Als sie in ihrem Urlaubsdomizil angekommen war, riefen wir sie kurz darauf an
und sprachen unseren Besuchstermin mit ihr
ab. Da sie erzählte, dass es dort zum Essen
immer so voll ist, wollte sie lieber einen Tisch
reservieren.
   Dann war der Besuchstag gekommen. Wir
gingen gemeinsam in das Hotelrestaurant.
Es war tatsächlich bis auf den letzten Platz
ausgebucht. „Gut, das Oma einen Tisch
vorbestellt hat!", dachte ich. Im nächsten

Moment erklärte uns Oma jedoch: „Ich habe keinen Tisch reserviert, ich dachte, wir bekommen das wohl so hin!“. Der Kellner versuchte uns abzuwimmeln: „Es ist nichts zu machen, alles voll! Tut mir leid!“ Auf dem Absatz drehte er sich um. Da holte Oma tief Luft und sagte erbost in lautem, für alle unüberhörbarem Ton: „Also hören Sie mal, die junge Dame hier ist von der Polizei! Sie werden doch sicher einen Platz für sie haben?“. Dabei zeigte sie auf mich. Ich hatte das Gefühl, das mich schlagartig alle Gäste ansahen. Am liebsten wäre ich im Boden versunken vor Peinlichkeit, aber da stand ich nun wie angewurzelt. Dann drehte ich mich um und wollte gehen. Wie konnte sie mich nur mit dieser Lüge derart bloßstellen? Ich war Arzthelferin und nicht bei der Polizei.

Plötzlich hörte ich den jetzt erröteten Kellner sagen: „Ja, natürlich. Ich glaube es ist gerade etwas frei geworden. Kommen Sie doch bitte mit!“. Er rannte um drei Ecken zu den wohl wirklich letzten freien Plätzen im

Lokal und nahm meiner Oma den Mantel ab. Vermutlich hoffte er, wir würden uns schnell setzen, damit er erlöst sei. Auch als wir saßen, galt die Aufmerksamkeit der anderen Gäste immer noch uns. Mir war das Ganze sehr unangenehm, aber meine Oma war nicht zu bremsen, denn sie war glücklich, und das war schließlich das Wichtigste, wie ich fand. Wir wählten das Essen aus. Oma bekam Entenbraten mit Rotkohl und Klößen. Sie schwärmte regelrecht von ihrem Essen. Vor allem von den Klößen. Ich mochte keine, aber ich musste sie ja zum Glück auch nicht essen. Nach einigen Gabeln voll, war meine Oma bereits gesättigt. Sie war ganz traurig darüber, dass sie so viel übrig lassen musste, öffnete ihre Handtasche, zog einen Stapel kleiner durchsichtiger Plastiktüten hervor und legte sie auf den Tisch. Die erste Tüte bereits geöffnet, schnappte sie sich den ersten der restlichen drei Knödel und packte ihn hinein. Langsam drückte sie die Luft aus der Tüte, drehte ihn hin und her bevor sie die Tüte endlich verknotete. Mir drehte sich der Magen um beim Anblick dieses matschigen Knödels. Auch dem zweiten und dritten Knödel erging es so. Inzwischen waren wieder alle Augen auf uns gerichtet. Aber egal, uns kannte ja niemand. Oma machte einen sehr zufriedenen Eindruck. Nur über die Tüten wunderte ich mich etwas. Deshalb fragte ich sie: „Wo hast du denn eigentlich die Tüten her?" Daraufhin erklärte Oma: „Du kannst dir ja gar nicht vorstellen, wie aufmerksam die hier sind. Die legen extra Tüten auf die Zimmer, damit man sich das restliche Essen für später mitnehmen kann!". Ich ahnte nichts Gutes und fragte weiter: „Oma, wo genau lagen die Tüten denn?" „Na, auf der Toilette!", sagte sie wieder in lautem Ton und meinte damit die Hygienebeutel. Dabei nahm sie die sorgfältig zusammen geknoteten Knödeltüten, legte sie mit leichtem Nachdruck vor meine Nase und sagte ernsthaft: „Hier Kind, für euch. Dann habt ihr für morgen auch etwas zu essen!".

Wie ist es im Himmel?

Meine Mutter und mein Schwiegervater sind schon vor langer Zeit gestorben. Ich erinnere mich gerne an sie, denn sie waren ganz besonders liebe Menschen. Sie fehlen mir und meiner Familie sehr.

„Wo sind Oma und Opa denn jetzt?", fragen meine Kinder mich oft. „Im Himmel", antworte ich regelmäßig. „Wie ist es im Himmel?", wollen sie dann wissen. „Wunderschön", sage ich dann. „Wann kommen sie denn wieder?", fragen sie weiter, denn sie können den Tod noch nicht begreifen. Selbst einem Erwachsenen fällt es schwer zu verstehen, dass ein lieber Mensch plötzlich und unerwartet nicht mehr da ist. Wie soll ein Kind das dann erst begreifen? „Jemand, der von Gott in den Himmel gerufen wurde, den sieht man auf der Erde nicht mehr. Er bleibt im Himmel. Später, wenn man selbst einmal sterben muss, trifft man sie alle dort wieder", versuche ich zu erklären. Das regt meine

Kinder zum Nachdenken an. Vorerst ist ihr
Wissensdrang damit gestillt, aber das Thema
beschäftigt sie weiter. Von Zeit zu Zeit er-
geben sich neue Fragen.

Vor einigen Monaten haben wir einen
Drachen steigen lassen. „Das ist toll! Jetzt
können wir endlich Oma und Opa besuchen!",
rief mein Sohn. „Wie willst du das denn
machen?", wollte ich wissen. „Na, ist doch
ganz einfach, Mama! Du hast gesagt, sie sind
im Himmel. Mein Drachen fliegt doch bis zum
Himmel. Also können wir so Oma und Opa
besuchen. Ist doch klar, oder?". Ich war
sprachlos.

Im Sommer starben unsere Kaninchen Paul
und Bob. Mein Sohn war sehr traurig, denn
er verstand, dass er sie nicht wiedersehen
würde. Wir wollten schnell neue Haustiere
haben, um den Kindern über den Verlust
hinweg zu helfen. Tiger und Lena waren zwei
ausgesetzte Katzenbabys. Wir nahmen sie auf.
Leider hatte der ganze Wurf einen tödlichen
Virus. So starben sie bereits in der ersten

Woche, in der sie bei uns waren. Wieder war mein Sohn sehr traurig, denn mit seinen sieben Jahren begriff er schon mehr vom Tod, als seine Schwester mit vier Jahren. Meine Tochter sagte dazu: „Da werden sich Oma und Opa aber freuen", und war gar nicht traurig dabei. „Warum?", wollten wir wissen. Sie antwortete: „Na, erst bekommen sie unsere schönen Kaninchen und jetzt auch noch unsere Katzenbabys! Da sind sie doch nicht mehr so allein!"

Manchmal, wenn wir abends im Bett liegen, sagt meine Tochter: „Ich hätte Oma so gerne mal gesehen! Ich bin so traurig, dass sie nicht mehr da ist!". Einmal sagte ich ihr darauf: „Weißt du, mein Schatz, wenn es abends draußen ganz dunkel ist und die Sterne am Himmel leuchten, dann suchst du dir den Stern aus, der am allerhellsten und schönsten von allen ist. Dort sind Oma und Opa. Und wenn dieser Stern kurz blinkt, dann winken sie dir gerade zu und sagen: wir haben dich lieb! Sie können dich von da oben sehen."

Von da an schauten meine Kinder häufiger abends in die Sterne. Die Traurigkeit war damit beinahe besiegt. „Guck mal, Mama. Da sind Oma und Opa, auf dem schönen Stern. Sie haben mir zugewinkt und ich ihnen. Ich will noch ein bisschen draußen bleiben. Dann kann ich ihnen gute Nacht sagen. Hören sie das, Mama?", fragte meine Tochter. Ich antwortete: „Ja, mein Schatz, das hören sie ganz bestimmt!". Wir hielten uns an der Hand. Die Sterne leuchteten über uns.

Der Glaube an diese Geschichte half, die Trauer zu besiegen. Deshalb erhalten wir sie für unsere Kinder aufrecht. Und vielleicht wollen wir es auch selbst gerne glauben.

* * *

Was ist Nichts?

Charlotta und Alisa waren Freundinnen seit dem ersten Tag ihres Lebens. Sie waren beide gerade achtzehn Jahre alt und steckten mitten in ihrer Berufsausbildung. Von Zeit zu Zeit trafen sie sich, um wieder einmal ausgiebig zu plaudern und Pläne für gemeinsame Unternehmungen zu machen. Es war Sommer. Sie hatten beide einen Nachmittag frei und verabredeten sich in einem Eiscafé. Alisa hatte gerade zu Mittag gegessen und noch keine Lust auf Eis. Charlotta hingegen hatte ihr Mittagessen ausfallen lassen, so dass ihr der Magen knurrte. Sie bestellte sich ein großes Spagetti-Eis. Die Bedienung war männlich, ca. 45 Jahre alt und nicht besonders sympathisch. Vermutlich war es der Besitzer der Eisdiele. Er nahm Charlottas Bestellung auf und wandte sich danach an Alisa. Sie sagte: „Nein danke, ich möchte nichts!".
  Kurze Zeit später brachte der Mann, der

auch neben den beiden Mädchen die einzige Person in der Eisdiele war, das Bestellte. Er stellte das Spagetti-Eis vor Charlotta ab. Dann nahm er ein Schnapsglas von seinem Tablett und stellte es vor Alisa. Schnell holte er eine Schnapsflasche herbei, auf der ein großer weißer Zettel klebte. Darauf stand handschriftlich in großer Schrift: "Nichts". Er goss Alisa das Glas voll. Sie protestierte und sagte: „Ich habe nichts bestellt. Bitte nehmen Sie das wieder mit." Daraufhin hielt er Alisa noch einmal die Flasche mit dem Etikett vor die Nase, setzte ein breites Grinsen auf und sagte: „Das ist *Nichts* und kostet 2,50 Euro!". Bevor Alisa antworten konnte, war er wieder hinter seiner Theke verschwunden.

Sie war empört und wollte das auf keinen Fall auf sich sitzen lassen. Zu Charlotta sagte sie: „So eine Frechheit. Der spinnt ja wohl. Der glaubt doch nicht im Ernst, dass ich das bezahle. Außerdem war es eindeutig, dass ich nichts haben wollte." Ihre Freundin gab ihr zwar recht, gab aber zu bedenken: „Wenn es nun wirklich einen Schnaps gibt der *Nichts* heißt?". Alisa überlegte. Dann sagte sie: „Das kann schon sein, obwohl die Flasche so aussah, als hätte er den Zettel selbst beschriftet und dort draufgeklebt. Aber das ist letztendlich auch egal, weil ich nicht gesagt habe 'ich möchte Nichts' sondern 'nein danke, ich möchte nichts!'. Durch das 'nein, danke' ist somit jeder Irrtum ausgeschlossen. Findest du nicht?". Charlotta stimmte zu. Für Alisa war klar, dass sie den Schnaps auf keinen Fall bezahlen würde. Es ging ihr nicht um die 2,50 Euro, sondern ums Prinzip. Dieser Mann wollte so auf einfache und unverschämte Weise Geld einnehmen. Wofür arbeitete sie denn beim Rechtsanwalt, wenn ihr hier nicht eine Lösung einfallen würde, dachte Alisa. Da kam ihr die Idee...

Als Charlotta ihr Eis aufgegessen hatte, gingen sie zur Theke, wo der Eisdielenbesitzer stand, und sie zunächst das Eis bezahlten. Alisa stellte das volle Schnapsglas auf die Theke und versuchte es zunächst mit einer normalen Erklärung: „Das habe ich nicht bestellt. Deshalb werde ich es auch nicht bezahlen." Daraufhin erwiderte der Mann frech grinsend: „Sie haben Nichts bestellt und das ist Nichts und kostet 2,50 Euro. Die müssen Sie bezahlen!" Alisa hatte mit dieser Reaktion gerechnet. Sie sagte: „Zufällig studiere ich Jura und kenne mich mit dem Recht aus. Ich fechte hiermit meine eben gemachte Willenserklärung wegen Irrtums an. Das hat zur Folge, dass das Rechtsgeschäft nichtig ist, also unwirksam. Somit muss ich den Schnaps auch nicht bezahlen!". Und dieses Mal grinste Alisa. Damit hatte der Eisdielenbesitzer bei den beiden jungen Mädchen wohl nicht gerechnet. Er schien vor Wut zu platzen, nahm das volle Schnapsglas von der Theke und schmiss es mit voller Wucht gegen die Wand, so dass die Scherben durch den Raum flogen und der Schnaps an der Wand herunter lief. Dann schrie er: „Raus, Sie haben hier ab sofort Hausverbot!". Alisa antwortete mit ruhiger Stimme: „Das ist nicht schlimm. Wir wären sowieso nicht wieder gekommen. Wir lassen uns nämlich nicht betrügen!". Danach verließen die beiden Mädchen die Eisdiele. Später lachten sie zusammen über diese unglaubliche Geschichte vom "Nichts".

* * *

Lauter Unfug im kleinen Kopf

Mein erstes Kind war ein Junge namens Leon.
Er war im ersten Jahr sehr pflegeleicht, doch
dann kamen die ständigen Unfälle und Miss-
geschicke und als diese endlich aufhörten,
kamen die Streiche dazu. Je mobiler er wurde,
desto mehr fiel ihm ein.

Als meine Tochter Neele geboren wurde,
schlug er mit seinen 3 Jahren vor, dass wir sie
"Flipper" oder "Lopaka" nennen sollten. Als er
nach der Geburt in ihre Wiege sah um seine
Schwester endlich zu sehen, sagte er entsetzt:
„Aber Mama, die hat ja gar keine Zöpfe!".
Nach seiner Vorstellung kamen nämlich
Mädchen gleich mit Zöpfen auf die Welt.

Meine Tochter war gerade sechs Wochen
alt und lag schlafend mittig im Ehebett. Ich
musste zur Toilette. Das war die Gelegenheit
für Leon, endlich mal ungestört mit seiner
Schwester zu spielen. Er schlich ins Schlafzimmer, um mit ihr Hütten zu bauen. Zu
diesem Zweck legte er alle Oberbetten,

Decken und Kissen auf seine Schwester. Ich hörte ein dumpfes, ganz leises Schreien und sprang von der Toilette. Als ich das Schlafzimmer betrat und die Situation erkannte, hatte ich das Gefühl, mein Herz würde stehen bleiben. Ich befreite meine noch immer weinende Tochter und war überglücklich, dass sie noch lebte. Obwohl es angesichts der Decken unvorstellbar für mich war, war sie nicht erstickt und hatte keinen Schaden genommen. Er war ja erst drei Jahre alt und wusste es noch nicht besser, ihn traf keine Schuld. Meine Panik konnte er noch nicht verstehen.

Sehr einfallsreich zeigte er sich auch, wenn ich Telefonate erledigen musste, die länger dauerten. Beim ersten Mal wickelte er das komplette Treppenhaus mit Toilettenpapier ein. Beim zweiten Mal verstreute er in jedem Zentimeter des Hauses Cornflakes, zum Schluss kippte er den Rest auf meine Füße während meines Telefonates. Er lachte dabei übers ganze Gesicht und hatte riesig Spaß.

Beim Aussuchen neuer Gardinen, war er plötzlich verschwunden. Voller Sorge suchte ich alles ab. Gefunden habe ich ihn dann im Ablagefach eines riesigen Gardinentisches. Dort war er so weit hineingekrochen, dass er nicht mehr zu sehen war.

Auch Seile und Bänder verleiteten Leon immer wieder zu neuen Experimenten. So verband er sämtliche Anknüpfungspunkte im ganzen Haus mit Bändern, bis das reinste Spinnennetz entstanden war. Als er herausfand, dass eine Kettenreaktion durch das Verbinden von Türklinken zu erzielen ist, passierten alle möglichen Dinge vom plötzlichen Öffnen verschiedener Türen bis zum überraschenden kalten Guss von oben. Leon beobachtete jedes Mal alles akribisch und gespannt, um seine Erfindungen noch zu verbessern. Er freute sich riesig dabei.

Aufeinander gestapelte Handtücher im Bad wurden unauffällig mit Sicherheitsnadeln verbunden, so dass beim Herausziehen von einem Handtuch gleich alle herunter fielen.

Kein Schrank war zu hoch und keine Verschlusstechnik sicher! Leon war kletterfreudig und erfinderisch beim Erkunden eventueller neuer Möglichkeiten. Eben ein Kind mit viel Phantasie.

Als wir eines Tages vom Einkaufen nach Hause kamen, ließ ich ihn im Auto noch etwas spielen. Ich dachte, es könne nichts passieren, da ich ja den Schlüssel hatte. Er kletterte auf den Fahrersitz und rief mir durch die offene Haustür zu: „Tschüs Mama, ich fahr jetzt!". Mit dem Auspacken beschäftigt, sah ich durch die geöffnete Haustür und antwortete aus Spaß: „Ja, tschüs mein Schatz!". Ich räumte die Milch in den Kühlschrank. Nebenbei sah ich wieder durch die Haustür. Das Auto war weg! Ich erschrak und rannte sofort nach draußen. Jetzt stand das Auto in einem Zaun auf dem gegenüber liegenden Grundstück. Leon hatte wieder einmal riesigen Spaß. Er hatte so lange auf der Kupplung herumgetreten und an den Gängen gespielt, bis das Auto die abschüssige Einfahrt hinunter über die

Straße gerollt war, dabei eine Speismaschine streifte und in einem Zaun letztendlich stehen blieb. Es war mein Fehler, ich hatte es nicht besser gewusst. Gott sei Dank entstand nur Sachschaden, der ist zu ersetzen. Leon ist nichts passiert. Wenn in dem Moment ein Auto gekommen wäre, wäre die Geschichte ganz anders ausgegangen. Aber meine Kinder hatten bisher immer einen guten Schutzengel. Es gibt unendlich viele schöne Momente und auch viele anstrengende. Das eine Kind ist leichter, das andere schwieriger im Umgang. Aber jedes schenkt einem Glück und bringt einen zum Lachen. Sie überschütten mich mit ihrer Liebe, berühren immer wieder mein Herz aufs Neue. Die Kindererziehung erfordert täglich Liebe und Aufmerksamkeit, der Unfug den sie anstellen, manchmal auch besonders starke Nerven. Aber jede Sekunde mit ihnen ist es wert, gelebt zu werden. Wir haben viel Freude zusammen, es ist nie langweilig. Und im Nachhinein kann ich auch über diese Streiche lachen.

Frei Erfundenes...

* * *

Oma Rosa im Chat

Oma Rosa saß am Tisch in ihrer kleinen, gemütlichen Wohnung. Eigentlich hieß sie ja Rosalia, aber ihre Familie nannte sie schon solange sie denken konnte Rosa. Sie wohnte in einer Einrichtung für Betreutes Wohnen und fühlte sich dort sehr wohl. Ihre Familie besuchte sie dort regelmäßig. Nur manchmal sehnte sie sich doch nach einem guten Gesprächspartner für den Alltag. Als sie so in Gedanken versunken war, klopfte es plötzlich an ihrer Tür. Sie stand aus ihrem Sessel auf und öffnete. „Hallo Oma Rosa! Komm mit mir spazieren! Die frische Luft tut dir gut!", rief ihr Enkel Tom. Das ließ Rosa sich nicht zwei Mal sagen, griff nach ihrer Jacke, schob ihren Enkel aus dem Türrahmen wieder nach draußen und schloss schnell die Tür hinter sich. „Da bin ich schon. Das ist schön, dass du

mich abholst. Ich bin schon fertig. Gehen
wir!", sagte sie und lachte dabei.

Langsam gingen sie dann zum Park. An einer
Bank machten sie Pause und setzten sich hin.
„Was macht ihr jungen Leute eigentlich, wenn
ihr mal allein seid?" fragte Oma Rosa. „Wir
gehen zu Freunden", antwortete Tom ganz
selbstverständlich. „Aber wenn die Freunde
zu weit weg sind, was macht ihr dann? Wenn
ihr sofort jemanden zum Reden braucht?",
fragte sie weiter. „Dann ruf ich sie an oder
geh chatten", sagte er. „Chatten? Was ist das
denn?". „Na, ich sitze am Computer und
unterhalte mich mit anderen. Zeitgleich kann
man dort Nachrichten für den anderen
eintippen und alle in dem Chatroom können
sie lesen und antworten. Das ist cool und
macht Spaß. Außerdem vertreibt es die
Langeweile. Und wenn man Glück hat, lernt
man sogar nette Leute kennen! Der Vorteil ist,
man kann es von zu Hause aus machen, auch
wenn man mal krank ist!", erklärte Tom. „Das
hört sich ziemlich spannend an. Ich möchte

das auch mal versuchen. Kannst du es mir zeigen?", fragte Oma Rosa, nachdem sie einen Moment darüber nachgedacht hatte. „Ja, na klar. Wir fangen gleich morgen damit an. Ich bringe dir meinen alten Computer vorbei und dann schließen wir ihn ans Internet an. Wenn ich dir alles gezeigt habe, erkläre ich dir das Chatten!"

Am nächsten Tag war schon um zehn Uhr alles fertig aufgebaut und Oma Rosa bekam eine Einweisung am Computer und in der Nutzung des Internets. Als sie das geschafft hatten, kamen die Erklärungen zum Chatten. Tom hatte ihr alles gezeigt und Oma Rosa brannte nur so darauf, ihr Wissen endlich auszuprobieren. Sie war ihm sehr dankbar für diese tolle, moderne Errungenschaft.

Da man im Chat Codenamen verwendet, nannte sie sich "RosaGlück" und loggte sich direkt in einen Senioren-Chatroom ein. Damit sie alles besser verstehen konnte, druckte sie sich eine Vokabelliste, wie sie es nannte, aus. Darauf waren alle Abkürzungen aufgelistet,

die im Chat verwendet wurden. Und schon
ging es los!

„Hallo zusammen, ich bin RosaGlück!"

„Hallo RosaGlück, schöner Name! Warum
heißt du so?"

„Ich bin glücklich, weil mein Enkel mir den
Chat mit euch ermöglicht hat!"

„So einen Enkel hätte ich auch gern!"

„Ja, ist ein ganz lieber Kerl! Warum heißt du
Rudi2050"

„Weil Rudi mein Spitzname ist und wenn ich
bis 2050 lebe, habe ich die 100 geschafft!
Man braucht eben Ziele!"

„Hallo RosaGlück! Herzlich willkommen bei
uns! Ich bin FischFrieda. Jetzt frag bloß
nicht, warum!"

„Schön, dich kennen zu lernen! Wer ist denn
noch hier?"

„Ich bin Adonis und sehe noch ziemlich
fesch aus für mein Alter. Bei euch kommt
man ja nicht dazwischen, so schnell wie ihr
schreibt!"

„Also Leute, muss jetzt aufhören. Treffen

uns wie immer morgen um elf im Chat hier!
Bis dann!"

„Ach ja, zu unserem Chat-Treffen heute
Abend kann ich leider nicht kommen!"
„Schade, FischFrieda, aber vielleicht kommt
unser Neuling RosaGlück ja?"

„Ja, sehr gerne! Dann kann ich euch auch in
echt kennen lernen. Bin schon gespannt,
also wann und wo?"
„Treffen uns alle vier Wochen um sieben in
der Gaststätte Heimathafen! Bis dann!"
Oma Rosa verließ den Chatroom.
Sie überlegte gleich, was sie anziehen könnte
und war am meisten gespannt auf Adonis,
mit seinem feschen Aussehen. Der hörte sich
schon sehr reizvoll an. Und dann noch der
nette Rudi, der 100 Jahre alt werden wollte.
Sie konnte es kaum abwarten.

Bereits um halb sieben saß sie im "Heimathafen". Sie war die Erste dort. Als die Tür
aufging, kam eine kleine Frau herein und
steuerte auf ihren Tisch zu. „Nein, nein, hier
ist schon besetzt!", sagte Oma Rosa schnell

und wedelte abwehrend mit den Händen. „Ich warte nämlich auf zwei Herren!" „Darf ich mich vielleicht erst einmal vorstellen? Ich bin Adonis, du bist sicher RosaGlück?", sagte die kleine Frau. „Was? Du? Aber du bist ja eine Frau? Wieso nennst du dich Adonis?", fragte Oma Rosa enttäuscht. „Weißt du Schätzchen, es sind eben Phantasienamen. Du hast mich nicht gefragt, ob ich ein Mann bin. Nur wegen meines Namens Adonis hast du dir einen Mann vorgestellt. Im Chat ist nicht alles, wie es scheint. Das solltest du dir merken. Aber jetzt lass uns etwas trinken!", sagte Adonis.

Kurz darauf rief jemand: „Hallo ihr Lieben! Wartet ihr schon lange? Ach ja, hallo RosaGlück. Ich bin Rudi2050." Rosa verschluckte sich direkt und musste sich beherrschen, nicht das Bier über den ganzen Tisch zu spucken, als sie das hörte. Vor ihr stand eine große, stattliche, ältere Dame. Auch sie war kein Mann! Jetzt hatte Rosa die Sache mit den Codenamen begriffen. Rudi2050 setzte sich dazu und Rosas

Enttäuschung ließ langsam nach, denn sie hatten viel Spaß zusammen, persönlich und auch immer wieder im Senioren-Chat ihrer Stadt!

* * *

Schokoladenmann trifft Wahnsinnsfrau

Es war ein wunderschönes Studiohaus in einer guten Wohnsiedlung, in dem Kurt wohnte. Sein Haus war in Holzständerbauweise mit viel Glas rundherum gebaut. Auf diese Weise waren die Räume lichtdurchflutet. Natürlich konnten die Leute von der einen oder anderen Seite auch in sein Haus hineinsehen, aber das störte ihn nicht. Sein Garten grenzte direkt an das Nachbarhaus. Dort, in der ersten Etage, saß oft eine junge Frau am Fenster und schaute hinaus in seinen Garten oder sogar in sein Wohnzimmer. Wer sie war, wusste er nicht. Sie war erst vor einem Jahr dorthin gezogen.

Kurt lebte gut, denn er hatte ein schönes Haus, ein gutes Einkommen und vor allem seinen Traumberuf: er verkaufte im Außendienst Schokolade. Aber nicht irgendeine Schokolade, sondern nur ganz ausgewählte und exquisite Sorten. Sowohl gefüllte Schokoladen als auch Trüffel und

exklusive Pralinen gehörten zu seinem
Sortiment. Dafür lebte er. Seine Ware liebte
er im wahrsten Sinne des Wortes mit Leib und
Seele. Und das war ihm auch anzusehen.
Seine Frau hatte ihn vor einiger Zeit verlassen,
weil sie meinte, er würde die Schokolade
mehr lieben als sie. Und vielleicht war es auch
so gewesen, denn sie teilte seine große
Leidenschaft nicht. Wie oft hatte er versucht,
ihr mit einer neuen, süßen Kreation eine
Freude zu bereiten. Aber sie schätzte seine
köstlichen Geschenke nicht, legte sie einfach
zur Seite. Dabei hätte er mit ihr so gerne
einmal bei einem Gläschen Wein die neusten
braunen und weißen Versuchungen verkostet.

Wenn Kurt abends von seinen Geschäfts-
reisen heimkehrte, ging er direkt, mit dem
Koffer noch in der Hand, in das Wohnzimmer.
Dort hatte er ein geschmackvolles, von
innen temperiertes, Sideboard stehen. Darin
bewahrte er sein Schokoladensortiment auf,
weil dort die optimale Lagertemperatur
gewährleistet war. Er öffnete seinen

schwarzen Koffer, blickte auf die übrig gebliebenen Schokoladenschachteln, dann strich er sorgfältig mit einem weichen Tuch über jede einzelne Verpackung, so als müsse er jeden Fingerabdruck davon entfernen, um sie anschließend in das in seinem Sideboard befindliche Sortiment wieder einzusortieren. Das war ein festes Ritual.

Genauso vorsichtig nahm er die Schachteln am nächsten Morgen wieder heraus, um sie wieder in seinen Koffer zu legen, bevor er die nächste Geschäftsreise antrat. Die junge Frau am Fenster konnte diese Zeremonie jedes Mal beobachten. Bei seinen Nachbarn hieß Kurt nur noch "der Schokoladenmann". Die meisten mochten ihn, weil er immer sehr höflich und zuvorkommend war. Da er bei besonderen Anlässen einen Teil seiner kostbaren, süßen Waren verschenkte, schwärmten alle nur noch von dieser Köstlichkeit und dem charmanten Schokoladenmann.

Eines Tages, als Kurt erst am späten

Abend von einer Geschäftsreise heimkehrte, erschrak er fürchterlich. Seine Haustür stand einen Spalt weit offen. Ein Brecheisen lag davor. Offensichtlich war seine Haustür mit diesem Brecheisen aufgestemmt worden. Vom Schock wie gelähmt, blieb er regungslos stehen. Noch immer den Koffer in der Hand haltend. Einen Moment lang war er handlungsunfähig, versuchte zu realisieren, dass in sein Haus eingebrochen worden war. Er hörte keine Geräusche. Sollte er die Polizei verständigen? Verschwinden oder hinein gehen? Aber die Neugier trieb ihn voran. Langsam schlich er in sein Haus, den Koffer in der Hand haltend. Er hatte das Gefühl, jeden Augenblick einen Herzinfarkt von der Aufregung zu bekommen. Zunächst sah er in der Küche nach, aber dort war alles unverändert. Auch im Flur war ihm nichts Ungewöhnliches aufgefallen. Was hatte der Einbrecher gewollt? Er dachte an den Tresor in seinem Schlafzimmer in der oberen Etage. Ob er sein Geld gesucht hatte? Langsam schlich er sich ins Wohnzimmer. Er schaltete das Licht ein und fühlte sich wie vom Blitz getroffen.

Da lag eine Person auf dem Fußboden, bewegungslos. Die Tür seines Sideboards stand offen. Einige Schokoladenschachteln lagen leer neben der Person. Andere lagen im ganzen Wohnzimmer verstreut. Lauter Fragen schossen Kurt durch den Kopf. Was war bloß geschehen? Lebte die Person noch? War es der Einbrecher? Vorsichtig ging er näher heran, um alles besser sehen zu können, und dann zuckte er erneut zusammen.

Es war eine junge Frau! Er musste nachsehen, ob sie noch lebte. Dazu kniete er sich auf den Boden und beugte sich über sie. Ihr Brustkorb bewegte sich, und plötzlich hörte er sie schnarchen. Unwillkürlich musste er lächeln, denn sie schlief vor seinem Lieblingsschrank! Er kniete noch immer neben ihr und sah sie an, wie sie schlief. Jetzt erst fiel ihm auf, dass es die junge Frau vom Fenster des Nachbarhauses war. Er schätzte ihr Alter auf ungefähr 25 Jahre. „Sie ist wirklich so wunderschön wie ein Engel", dachte er. Und, obwohl der Einbruch als solches natürlich eine Straftat darstellte, so war doch dieser Fall für ihn ganz anders gelagert. Denn je länger er da hockte, desto deutlicher wurde ihm die Geschichte. Sie musste ihn immer beobachtet haben, wenn er seine Schokoladenspezialitäten mit Sorgfalt weggeräumt hatte. Da sie immer am Fenster saß, wusste sie genau, wann er das Haus verlassen würde. Dann war sie in sein Haus eingebrochen, hatte sich ein "Schokoladen-festessen" vor seinem Sideboard gegönnt und war über diesen Genuss dort eingeschlafen. So musste es gewesen sein. Was für eine Schicksalsfügung! Das musste die Frau seines Lebens sein. Nur sie liebte die Schokolade so wie er, ja sogar noch mehr. Denn sie hatte sogar einen Einbruch begangen, nur um an seine Schokolade zu kommen. „Was für eine Wahnsinnsfrau", dachte er. Dabei spürte er sein Herz kräftig schlagen und ein angenehmes Kribbeln breitete sich in seinem Bauch aus. Vorsichtig schob er die Arme unter ihren Körper, der noch immer regungslos auf dem Boden lag und hob ihn hoch. Behutsam, wie bei seiner Schokolade, legte er die junge Frau auf das Sofa. Vorsichtig deckte er sie zu, beobachtete sie und dachte nicht mehr daran, seinen Koffer voller Köstlichkeiten auszupacken. Die Schokolade hatte ihm die Liebe zurückgebracht, aber dieses Mal die größte Liebe seines Lebens!

* * *

Die Hitze der Unmoral

Es war ein Winter ohne Schnee. Einfach nur kalt, nass und ungemütlich. Sylvie hatte immer sehr viel zu tun. Gelegentlich fühlte sie sich einfach ausgepowert. Die Doppelbelastung durch Familie und Beruf zehrte an ihren Kräften. Noch dazu fühlte sie sich durch ihren Mann einfach nicht mehr anerkannt. Er sah sie schon lange nicht mehr an. In letzter Zeit hatte sie oft den Eindruck, dass er sie betrog. Das würde erklären, warum er kein Interesse mehr an ihr hatte. Aber er stritt alles ab. Wenn es so wäre, dann wollte Sylvie es einfach nur wissen. Denn auch ihr fehlte einiges in ihrer Beziehung. Sie sehnte sich danach, einmal wieder das Kribbeln im Bauch und das Verlangen nach einem attraktiven Mann zu spüren. Und was gäbe sie dafür, wenn nur einmal ihr Traum von einer Nacht voller Zärtlichkeit und wildem Verlangen in Erfüllung gehen würde. Wenn er sich woanders vergnügte, dann wollte sie das

gleiche Recht für sich in Anspruch nehmen.
Sie lebte schließlich auch nur einmal. Aber
vielleicht bildete sie sich das alles ja auch nur
ein, und es war einfach nur der Alltag, der sie
eingeholt hatte. Irgendwann würden sie
sicher neue Reize beim Liebesspiel entdecken.
Daran musste sie einfach glauben. Sicher
haben die Leute das früher auch so gesehen,
als es noch nicht so viele Scheidungen gab.
Sylvie fragte sich oft, wie die ältere Gene-
ration das ausgehalten hatte. Vor allen
Dingen dann, wenn man die sprichwörtliche
Katze im Sack gekauft hatte. Die Frauen
sollten doch jungfräulich in die Ehe gehen.
Weder die Frau noch der Mann wussten also,
ob der zukünftige lebenslängliche Partner
auch tatsächlich ihre sexuellen Wünsche
erfüllen konnte. Gesprochen wurde auch
nicht darüber, weil es ja tabu war. Aber wie
hatten sie das nur hinbekommen? Soviel
Sylvie auch darüber nachdachte, es blieb ihr
ein Rätsel.

Endlich war es wieder einmal soweit: ihr

Saunatag war da! Nur dieser konnte ihr die Ruhe und Ausgeglichenheit wieder zurück bringen. Es war die totale Entspannung. Sylvie konnte einfach nur faul herumliegen, saunieren, Wellnessbehandlungen genießen, schlafen, träumen, lesen oder auch in Ruhe eine Kleinigkeit essen. Das alles, ohne gestört zu werden! Man konnte sagen, das es Luxus war!

Vor einiger Zeit hatte sie noch mit einem Freund darüber diskutiert, wie man sich als Frau allein in der gemischten Sauna fühlt. Grundsätzlich hatte sie überhaupt keine Probleme damit, denn sie nutzte die gemischte Sauna ja regelmäßig. Dabei fand sie, dass dort kaum jemand mit einer wirklich guten Figur herumsaß. Daher machte es ihr auch nichts aus, dass sie ihre eigene Figur nicht mehr so schön fand und man sie trotzdem dort nackt sehen konnte. Obwohl sie groß und schlank war, eine sportliche Figur und hellblonde kurz geschnittene Haare hatte, so fand sie doch ihren Bauch zu dick, ihren Busen zu klein und ihre Füße zu groß. Trotzdem glaubte Sylvie durchaus, dass der eine oder andere Mann sie ansprechen würde. Dass sie allerdings nie sicher sein könnte, welche Beweggründe ihn dazu veranlassten. Ob er sich einfach nur unterhalten wollte oder wirklich eine erotische Begegnung suchte. Deshalb konnte sie sich auch nicht vorstellen, einen Partner in der Sauna kennen zu lernen. Auch hatte sie bei einigen Männern das Gefühl, dass sie einen regelrecht anstarrten und dieses ihnen eine gewisse Form von Befriedigung verschaffte. Aber ihr Freund meinte, dass er sogar ein glückliches Paar nennen könne, das sich in der Sauna kennen gelernt habe. Das war für Sylvie nur schwer vorstellbar.

Jetzt lag sie dort im Ruheraum, der durch große Fensterscheiben die Sicht in den Saunagarten ermöglichte. Dort liefen die Gäste mit ihren Bademänteln zur Sauna oder kühlten sich im kalten Schwimmbecken, das von Palmen umgeben war, ab. Es war nicht besonders voll, und sie genoss die Ruhe. Ein Mann von circa 40 Jahren mit Dreitagebart und orangefarbigem Bademantel stand plötzlich vor ihrer Liege. Er sah sie an. Sie sah ihn an, dachte, er wolle etwas sagen. Aber er sagte nichts und ging weiter. Sylvie ruhte sich aus. Zwischendurch las sie wieder ein wenig in ihrem Buch. Jedes Mal, wenn dieser Mann an ihr vorbei ging, sah er sie an. Wenn sie auch guckte, hielt er ihrem Blick einen Moment stand. Aber bevor sie etwas sagen konnte, schaute er wieder weg. Jetzt suchte er nach einer Liege. Sylvie hätte schwören können, dass er sich neben sie legen würde. Und er tat es auch. Holte ebenfalls sein Buch heraus und las. Wenn sie in ihr Buch vertieft war, spürte sie seine Blicke. Blitzschnell drehte sie den Kopf zu ihm. Habe ihn erwischt, dachte sie. „Ist was?", fragte sie frech. „Nein", antwortete er und steckte die Nase wieder in sein Buch. Irgendwie reizte sie der Kampf. Sylvie spürte nämlich, dass er Gefallen an ihr gefunden hatte. Sie legte ihr Buch weg und schloss die Augen. Als sie sie wieder öffnete, um den nächsten Saunagang zu machen, war der Mann weg. Sie ging in die Biosauna und - welcher Zufall - der Unbekannte war auch dort. Aber was machte er nur? Sylvie setzte sich in die Sauna und zwangsläufig musste sie ihn ansehen. Nackt, wie man in der Sauna nun mal ist, machte er verschiedene Turn- und Dehnübungen. Nicht eine, nein, eine ganze Reihe und er brauchte reichlich Platz dafür. Dabei sah er Sylvie in die Augen. Sie fragte sich, was das sollte. Und sie konnte es sich nicht verkneifen zu fragen: „Wofür soll das denn gut sein?" Er antwortete: „Ich bin Sportlehrer und muss mich fit halten. Schließlich sind Ferien, da wird man nicht so gefordert wie sonst." Sylvie musste innerlich lachen, dachte: „Der spinnt ja!" Sie bemühte sich wegzusehen, aber die Neugier erschwerte es ihr. Er war nämlich schon ein sehr reizvoller Anblick! Sein Körper wirkte durchtrainiert und war gut proportioniert. Einen Makel konnte sie daran nicht entdecken.

Als er seine Übungen beendet hatte, setzte er sich im Schneidersitz direkt ihr gegenüber. Abwechselnd starrte er ihr auf die Brüste und in ihre Augen. Und blitzschnell zeigte sich bei ihm eine Reaktion. Sylvie erwartete, dass es ihm peinlich sein würde, aber weit gefehlt. Er genoss es sichtlich. Es machte ihm gar nichts aus. Eine komische Situation. Von ungefähr 1000 Saunagängen, die sie in ihrem Leben bereits gemacht hatte, war dieses der erste, wo sich so etwas ereignete. Irgendwie genoss sie die Situation natürlich auch. Denn sie konnte offensichtlich noch immer, trotz ihrer nicht mehr perfekten Figur, einen Mann erregen! Und das sogar ziemlich schnell. Ihr eigener Mann sah sie ja schon lange nicht mehr an, aber dieser fand sie erregend!

„Du starrst mich an! Warum?" fragte sie ihn. „Ich habe noch nie einen so schönen Busen mit einem so schönen Gesicht darüber gesehen!" flüsterte er. Und er saß nur da und guckte, während ihm der Schweiß von der Stirn lief. Sylvie war perplex. Sie hatte erwartet, dass er über ihre direkte Frage geschockt sei. Stattdessen schien es ihr so, als würde er immer wagen, alles zu sagen und zu tun. Auch dann, wenn es unmoralisch war. Sie redeten nicht weiter. Aber sie sahen sich tief in die Augen. Sylvie genoss es, mit dem Feuer zu spielen und seine Erregung zu beobachten. Sie blieb noch in der Sauna sitzen, als er sie verließ. Vermutlich um sich, im wahrsten Sinne des Wortes, abzukühlen!

Während der Ruhephase lagen sie irgendwann wieder zufällig nebeneinander in ihren Liegen. Aber sie schwiegen. Nach einer Zeit fragte er sie, ob sie mal mit nach draußen in die heiße Blockhaussauna gehen würde. Sylvie dachte sich nichts dabei. Sie wollte sowieso noch einen Saunagang machen. Also warum nicht?

Als sie in der kleinen Blockhaussauna waren, setzte sich Sylvie auf die unterste Bank, da sie befürchtete, dass es ihr weiter oben zu heiß werden würde. Er ging auch nicht nach oben, sondern setzte sich neben sie. Dann rutschte er immer weiter zu ihr herüber. Er legte seinen Arm um sie und begann sie zu streicheln. Dabei ließ er seine Hände ganz vorsichtig über ihre Brüste gleiten. Sylvie konnte es gar nicht fassen. Aber sie genoss es auch, denn das hatte ihr seit langer Zeit so sehr gefehlt. Und dieses schöne Gefühl gewann die Oberhand in ihr. Es breitete sich immer weiter über ihren ganzen Körper aus. Aber die Vernunft in ihr kämpfte dagegen an und mit letzter Kraft sagte sie ihm: „Vergiss es, daraus wird nichts! Tut mir leid!" Er sah ihr in die Augen. Jeder Widerstand war zwecklos. Sie schmolz dahin. Von der Hitze der Sauna sowieso, aber erst recht von seinem Charme. Dann berührten sich ihre Lippen. Sylvie spürte die Erregung in jeder Faser ihres Körpers. Lang und innig küssten sie sich. Ihre Zungen konnten nicht genug voneinander bekommen. Er stand auf und trug sie in den Vorraum, wo sie sich stürmisch liebten. Je mehr sein Körper den ihren berührte, desto mehr verlangte sie nach ihm. Wie hatte sie es nur bisher ohne ihn aushalten können?

Auf dem Nachhauseweg musste sie lachen. Aus vollem Herzen lachte sie während der ganzen Autofahrt. Welch ein wundervolles Gefühl, doch noch attraktiv zu sein, dachte sie. Gerade weil sie das im Alltag nicht mehr spürte, war es umso schöner für Sylvie ihre Wirkung auf diesen Mann zu testen und auszukosten. Das Letztere jedoch tat sie nur in ihren Träumen - schließlich war sie eine verheiratete Frau! Und so gerne sie dieses wunderschöne, unmoralische Angebot auch angenommen hätte, die Vernunft in ihr hat zu guter Letzt gesiegt. Und so blieb schließlich nur ein aufregender Traum von der Hitze der Unmoral!

* * *

Die Suche nach dem Richtigen

Freunde hatte Annika schon einige gehabt, aber der Richtige war bisher nicht dabei gewesen. Eigentlich hätte es gerade für sie kein Problem sein dürfen, einen tollen Freund zu finden. Das meinten zumindest alle. Ihre Mutter schwärmte immer, dass sie mit ihren langen, hellblonden Haaren und ihren strahlend blauen Augen wie ein Engel aussehe. Annika träumte von der ewigen Liebe. Ihre Suche galt nicht einem Abenteuer, sondern dem Mann, der sie über alles lieben würde, den sie heiraten wollte und von dem sie sich Kinder wünschte. Aber wo sollte sie ihn finden? Sie war schon einmal drei Jahre mit einem Jungen gegangen, aber er war nicht der Richtige gewesen, trotz der langen gemeinsamen Zeit.

Nach einer Erkrankung fuhr sie zur Kur in die Bayrische Rhön. Oh je, sie wollte unbedingt ans Meer und kam in die Berge. Als Kind war sie mit ihren Eltern im Urlaub immer ans

Meer gefahren. Es war der schönste Platz für sie. Ganz besonders dann, wenn sie wieder einmal an den Timmendorfer Strand fuhren. Dort hatte sie sich immer bei der erstbesten Gelegenheit einen Strandkorb gesucht, sich hineingekuschelt und auf das große weite Meer geschaut. Sie lauschte dem Rauschen der Wellen. So konnte sie ihren Gedanken freien Lauf lassen. Und das Gefühl, im Schutz des Strandkorbes dem kräftigen Wind zu entkommen, genoss sie. Das alles war immer wieder schön für sie.

Aber jetzt hatte man sie in die Berge geschickt, also musste sie sich damit anfreunden. Das tat sie auch sehr schnell, denn sie lernte direkt ihre neue Kurclique kennen. Eine super Truppe, mit der sie fortan jeden Abend ins Dorf zum "Schusterwirt" ging. Der "Schusterwirt" war eine ganz urige Kneipe und die Clique hatte dort viel Spaß. Einmal hatte einer von ihnen Besuch bekommen und brachte diesen am Abend mit in ihre Kneipe. Sie saßen um einen großen, viereckigen Tisch herum. Alle unterhielten sich, als sich plötzlich die Blicke von Jürgen, dem Besucher, und Annika trafen. Über den großen Tisch hinweg sahen sie sich tief in die Augen. Irgendetwas war danach anders. Sie bedauerte plötzlich, so weit von ihm weg zu sitzen. Ein Gespräch mit ihm war in der lebhaften Runde kaum möglich. Er war groß, muskulös und hatte eine super Figur. Die Jeans ließ einen knackigen Po erahnen. Annika fand ihn sehr attraktiv. Sie rätselte, was er wohl beruflich machte. Für welche Tätigkeit brauchte man solche Muskeln und eine Fitness, die einen so unwiderstehlichen Körper formt? Oder war Krafttraining sein Hobby? Allen Mut zusammen nehmend, fragte sie ihn über den großen Tisch hinweg nach seinem Beruf. Zu ihrer Überraschung war er Tischler. Damit hatte sie nicht gerechnet. Eher mit einem ausgefallenen oder exotischen Beruf. Dies blieb aber vorläufig das einzige Gespräch. Als sich alle auf den Nach-hauseweg machten, lief Jürgen plötzlich hinter ihr her. Er meinte, sie habe vergessen sich von ihm zu verabschieden. Dabei griff er nach ihrer Hand und hielt sie einen Moment lang fest, während er ihr wieder tief in die Augen blickte. Dann bat er sie um ihre Anschrift. Annika war jedoch so verlegen, dass sie sich schnell aus dem Griff befreite und ihm im Gehen zurief, dass er sich diese ja von seinem Freund besorgen könne. Sie war ganz schön aufgeregt. Das hätte die Liebe auf den ersten Blick sein können. Aber je länger sie darüber nachdachte, desto mehr ver- drängte sie den Gedanken wieder. Er würde sich doch nicht ihre Anschrift besorgen, um sich bei ihr zu melden. Sie wollte keinen Liebeskummer, obwohl sie fand, dass er das Risiko wirklich wert wäre.

Aber als die Kur beendet war, wartete bereits ein Brief bei Annika zu Hause. Von Jürgen, las sie aufgeregt. Mit Herzklopfen öffnete sie den Umschlag. Er schrieb, dass er sich Hals über Kopf in sie verliebt habe und sie unbedingt wiedersehen wolle. Es war der schönste Liebesbrief, den sie je bekommen hatte. Das muss der Richtige sein, dachte sie, obwohl sie ihn eigentlich gar nicht kannte. Aber wie sollte das klappen? Sie wohnte in Niedersachsen und er in Hessen, das waren bestimmt 600 km Entfernung. Die fährt man nicht mal einfach so, um sich zu sehen. Aber er nahm ihr alle Zweifel und meinte, dass er gerne Auto fahren würde. Die Briefe gingen hin und her. Das Telefon stand nicht mehr still. Stundenlang redeten sie nur. Am ersten Wochenende lud er sie gleich zu einem Konzert ein, welches auf dem Hockenheim-ring stattfand. Annika hatte jedoch keine Möglichkeit, dorthin zu kommen. Aber auch das war für ihn kein Problem. Selbstverständ-lich kam er die 600 km angefahren, um sie abzuholen und brachte sie dann wieder zurück.

Als sie beide wieder zu Hause waren, rief er an und schlug ihr einen gemeinsamen Urlaub vor. Das Reiseziel sollte Annika bestimmen und den Urlaub auch gleich buchen. Wohin es gehen würde, war für sie natürlich klar: zum Timmendorfer Strand. Dorthin, wo sie sich als Kind schon immer am wohlsten gefühlt hatte. Warum nicht spontan in Urlaub fahren, dachte sie sich. Die Jahre des Zusammenseins mit ihrem ehemaligen Freund waren ja auch keine Garantie für die ewige Liebe gewesen. Sie freute sich sehr auf diese Reise.

Wieder holte er sie ab. Dann fuhren sie vier ganze Stunden bis zum Timmendorfer Strand. Während der gesamten Fahrt sprach Jürgen kein Wort mit ihr. Das fand Annika merkwürdig. Als sie ihn darauf ansprach, meinte er, dass er nie während der Autofahrt sprechen würde. Sie erinnerte sich aber, dass es während der Fahrt zum Konzert anders gewesen war. Annika fiel das Schweigen sehr schwer, vor allem deshalb, weil sie dieses Verhalten nicht verstehen konnte. Dennoch schwiegen sie - ganze vier Stunden lang! Als sie am Ferienort angekommen waren, fuhren sie direkt zu ihrer Ferienwohnung. Auch das gefiel Annika nicht. Sie war immer sofort an

den Strand gefahren, um das Meer gleich
sehen zu können. Erst dann fing der Urlaub
für sie an. Jürgen fand jedoch, dass das Meer
ja nicht weglaufen würde und man das später
immer noch nachholen könne. Sie packten
also ihre Sachen aus. Annika beeilte sich
dabei, um schnell an den ersehnten Strand zu
kommen. Aber überraschenderweise legte
sich Jürgen danach ins Bett und schlief. Da
reichte es Annika, sie ging allein zum Strand,
suchte sich einen Strandkorb und setzte sich
hinein. Hier fand sie die Ruhe und den
Abstand zum Nachdenken. Er war schon
irgendwie seltsam. Ob die Entscheidung wohl
richtig war? Wie würde es mit Jürgen weiter
gehen? Sie lauschte noch ein wenig dem
Rauschen der Wellen, bevor sie den Rückweg
antrat. Bestimmt war er schon wieder auf,
dachte sie. Und so war es auch. Gemeinsam
schlenderten sie wieder zum Strand zurück.
Barfuß rannten sie durch den weißen Sand
und alberten herum, bis sie einen Strandkorb
sahen, in den sie sich hinein kuschelten.

Wieder sahen sie sich tief in die Augen. Für einen Moment hätte man glauben können, sie seien wirklich glücklich. Aber dieses Mal war es anders. Es stand etwas zwischen ihnen. Den Ärger hatte Annika ihm schon verziehen, aber sie spürte, dass etwas nicht stimmte. Nie wollte er mehr als mit ihr reden, ihre Hand halten und sie gelegentlich mal küssen. Das war alles. Keine ausgenutzte Situation, kein Streicheln, trotz der großen Verliebtheit. Er kam ihr nicht näher. Es war, als ob er zum Schutz eine Mauer um sich herum gebaut hatte. Das fiel Annika aber erst jetzt im Strandkorb auf. Jürgen bemerkte ihre Verwirrung. Stotternd entschuldigte er sich bei ihr: er müsse es jetzt loswerden, bevor er noch mehr Schaden anrichte. Unter Tränen erzählte er ihr, dass ihm vor einiger Zeit eine Frau so sehr weh getan hatte, dass er keiner anderen Frau mehr vertrauen könne. Obwohl er es so gerne wollte, war es ihm nicht möglich Annika näher an sich heran zu lassen. Er hatte sich wirklich in sie verliebt und glaubte, mit ihr wieder neu anfangen zu können. Aber das war leider nicht so.

Annika wurde klar, dass dieser Mann für sie für immer unantastbar bleiben würde. Er war einfach nicht der Richtige für sie. So gab sie ihn schweren Herzens wieder frei. Nachdem sie sich ausgesprochen hatten, packte er seine Sachen und fuhr allein zurück nach Haus.

Als er fort war, saß Annika noch lange in ihrem Strandkorb. Gut, dass es geendet hatte, bevor es richtig angefangen war. Sie schaute auf das Meer, lauschte den Wellen und versank in Gedanken. Das Meer verkörperte Freiheit für sie, ganz besonders in diesem Moment. Noch immer war es schön, genauso wie früher, dem kräftigen Wind im Strandkorb zu entkommen. Und auch allein war dies Entspannung pur!

* * *

Über 50 und verliebt

Ein schlanker Mann, Anfang 50, mit grauen
Schläfen und einem wachen Verstand, das
war Louis. Seine Frau Maria hatte gerade
Geburtstag gehabt und gehörte somit jetzt
auch zu den "Ü 50", den über 50jährigen.
Viele ihrer Freunde hatten sich bereits
von ihren Partnern getrennt und waren
inzwischen neu liiert. Einige schienen
tatsächlich mit dem 50. Lebensjahr eine
magische Grenze zu überschreiten, jenseits
welcher sie in eine Lebenskrise gerieten. Sie
krempelten ihr bisheriges Leben plötzlich
komplett um und träumten vom Neuanfang,
den sie mit allen Mitteln zu realisieren
versuchten. Sie taten Dinge, die Ihnen früher
nie in den Sinn gekommen wären. Dazu
gehörten ständige Diskothekenbesuche,
Urlaube ohne Partner, Scheidung, Haus-
verkauf und natürlich eine neue Partner-
schaft. Und allen ging es angeblich gut dabei.
War das wirklich die Wahrheit oder nur die

Fassade, die nach außen gewahrt werden musste? Konnte ein Mensch die Brücken des bisherigen Lebens so einfach hinter sich abbrechen und alles bisher Erlebte vergessen? Selbst die Kinder waren kein Hindernis, so sehr sie in dem einen oder anderen Fall auch unter den Ereignissen litten.

Louis jedenfalls war noch immer glücklich mit seiner Maria. Für ihn war es undenkbar, dass sich daran je etwas ändern könnte. Natürlich hatte sie im Laufe der Jahre die ersten Falten und grauen Haare bekommen, aber er selbst doch auch. Das Alter machte sie noch schöner und in jedem Fall interessanter, fand er. Jede Macke seiner Frau glaubte er zu kennen, und damit konnte er sehr gut leben. Es gab keine unangenehmen Überraschungen, keine nicht gekannten Seiten an ihr, die ihn zweifeln ließen. Im Gegenteil, das Alter hatte sie noch liebenswerter gemacht. Er liebte seine Frau noch immer und mehr denn je. Es war an der Zeit, ihr das noch einmal zu sagen.

Im Alltag gingen solche wichtigen Worte leider oft verloren. Da der Tag ihrer Silberhochzeit nahte, überlegte Louis sich eine nette Überraschung.

Zunächst nahm er sich einen Tag Urlaub bei seiner Firma. Dann bestellte er für den Abend ein exklusives 4-Gänge-Menü nach Hause. Im Esszimmer bereitete er den Tisch vor und stellte überall Kerzen für ihr Candlelight-Dinner auf. Um alles perfekt zu machen, besorgte er noch jede Menge roter Rosen. Er streute den ganzen Weg im Haus, den sie gehen würde, mit den Blättern der roten Rosen aus. Zuletzt stellte er einen Strauß langstieliger, dunkelroter Baccara-Rosen auf das Sideboard und dekorierte die Teller ebenfalls mit den wunderschön duftenden Blüten. Der zarte Rosenduft legte sich über alle Räume. Als er das Haus fertig vorbereitet hatte, fehlte nur noch angemessene Kleidung für ihn. Schnell ging er unter die Dusche, rasierte und parfümierte sich. Danach schlüpfte er in seinen Hochzeitssmoking.

Allerdings hatten die letzten 25 Jahre ihre Spuren am Bauch hinterlassen. Der Smoking war eng geworden, ging aber so gerade eben noch zu. Fein gemacht, mit glänzenden, frisch polierten Schuhen wollte er seine Frau nun erwarten.

Maria verließ unterdessen ihren Arbeitsplatz im Büro. Als sie im Auto saß, um sich auf den Heimweg zu machen, war sie doch etwas traurig. Sie dachte nämlich, Louis hätte wirklich diesen ganz besonderen Hochzeitstag vergessen. Früher hatte Louis sich immer wieder neue Überraschungen für sie einfallen lassen.

Aber als sie die Haustür aufschloss, hörte sie plötzlich leise Musik. „Ich träume mit offenen Augen von dir, wo du auch bist, ich bin immer bei dir...", sang Ulli Martins Stimme. Das war doch der Schlager gewesen, der gespielt wurde, als sie und ihr Mann sich damals ineinander verliebt hatten. Warum war denn hier die Musik an? Als Louis plötzlich vor ihr stand und sie ihn in seinem schwarzen

Smoking mit einer Rose in der Hand dort stehen sah, liefen ihr die Tränen über die Wangen. Er hatte es doch nicht vergessen! „Hallo mein Schatz, es ist lange überfällig, aber bitte heirate mich noch einmal!", sagte Louis. Glücklich fielen sie sich in die Arme und ihre Lippen trafen sich.

* * *

Ein Intermezzo besonderer Art

Sandra las von einem interessanten Seminar an einem wunderschönen Tagungsort. Sie überlegte nicht lange und meldete sich an.

Da sie eine weite Anfahrt hatte, fuhr sie schon am Vorabend los. In der Dunkelheit kam sie an. Viele Straßenlaternen gab es dort nicht. Es war stockduster, wie man so schön sagt. Sie war schon drei Mal um die größeren Gebäude herum gefahren, konnte aber noch immer nicht das richtige Haus finden. Als sie zwei winkende Personen sah, hielt sie an. Die beiden stellten sich als Freddy und Marijke vor, ein Ehepaar, das ebenfalls an dem Seminar teilnahm. Sie zeigten ihr den Parkplatz und waren ihr mit den Koffern behilflich. Sandra fiel ein Stein vom Herzen, dass sie endlich angekommen war und jemanden gefunden hatte, den sie alles fragen konnte. Freddy und Marijke waren sehr freundlich und hilfsbereit. Schon wenige Minuten nach ihrer Ankunft hatte sie ihr

Zimmer bezogen und plauderte ausgelassen mit ihnen. Sie verstanden sich auf Anhieb und die beiden stellten Sandra gleich noch eine weitere Seminarteilnehmerin vor: sie hieß Lea und war ebenso sympathisch wie die anderen beiden. Kurz darauf verabschiedeten sie sich voneinander und gingen zu Bett.

Am nächsten Tag trafen sie sich auf dem Weg zu den Seminarräumen. Jeder der drei begrüßte Sandra mit Wangenküsschen rechts und links. Das mache man bei ihnen so, um gute Freunde zu begrüßen, erklärten sie ihr. Irgendwie eine sehr nette Art, fand Sandra. Seit dem Zeitpunkt waren sie eigentlich ständig zusammen. Im Unterricht saßen sie nebeneinander, die Pausen verbrachten sie zusammen und nach Seminarende plauderten sie munter weiter. Nach und nach lernten sie sich auf diese Weise immer besser kennen. Wenn sie zusammen waren, hatten sie viel Spaß.

Freddy kam immer öfter zu Sandra, um sie abzuholen oder noch eben gute Nacht zu

wünschen. Lea und Marijke natürlich auch.
Aber wenn Freddy sich so dicht neben sie auf
die Bettkante setzte, wurde es Sandra etwas
mulmig. Er legte den Arm um sie und fragte
sie alles Mögliche. Sandra sagte ihm, dass er
das lassen sollte. Ihr gefiel es nicht, obschon
ja eigentlich nichts dabei war. Aber diese
körperliche Nähe war ihr einfach zu viel.
Freddy beteuerte sofort, dass er nur rein
freundschaftliche Absichten habe. Damit war
eigentlich alles geklärt. Schließlich wollte
Sandra diese Freundschaft nicht durch
übertriebene Ansichten zerstören, und ein
Verhältnis mit Freddy stand für sie ohnehin
außer Frage. Vielleicht sollte sie einfach mal
alles etwas lockerer sehen und als sture
Westfälin daraus lernen, dachte sie sich.
Bevor Freddy ging, sagte er noch, dass sie am
darauf folgenden Morgen wieder zusammen
zum Seminar gehen könnten. Sie solle sie
doch eben an ihrem Zimmer abholen, da sie
ja sowieso daran vorbei kommen würde.
   Sandra war pünktlich fertig. Als sie vor der

Zimmertür von Freddy und Marijke stand war
diese bereits weit geöffnet. Lea stand mitten
im Zimmer und unterhielt sich mit den
beiden, die zwischen Bad und Schlafraum
hin und her liefen. Freddy rief ihr zu, sie
solle doch auch herein kommen. Also ging sie
ins Zimmer und unterhielt sich dort mit Lea.
Als Marijke um die Ecke kam, stellte Sandra
mit leichter Verwunderung fest, dass sie vollkommen unbekleidet war. Aber schließlich
warteten sie ja auch, weil sie noch nicht fertig
war. Marijke jedenfalls schienen der Besuch
im Zimmer und die weit offen stehende
Zimmertür nicht zu stören. Als kurz darauf
Freddy in den Raum kam, war Sandra einen
Moment sprachlos. Auch er war nackt!
Vollkommen unbekleidet. Sie war schockiert!
Dies ganz besonders, weil auch ihn Leas und
ihre Anwesenheit nicht störte. Aber nicht nur
das. Er stellte sich in aller Seelenruhe splitter-
nackt zu ihnen und beteiligte sich am
Gespräch. Sandra schnappte nach Luft. So
knackig war er nun auch nicht mehr, dass er

seinen Körper so zur Schau stellen musste, fand sie. Die Röte stieg ihr ins Gesicht. Fassungslos sagte sie: „Ich glaube, wir warten lieber draußen!". „Nein, bleibt ruhig. Wir sind gleich fertig", antwortete er. Die beiden Frauen unterhielten sich also weiter, während die anderen beiden weiter nackt durchs Zimmer liefen. Sandra fand das irgendwie befremdend, versuchte aber sich nichts anmerken zu lassen. Lea bemerkte ihre Skepsis und erzählte ihr, dass die beiden Nudisten seien. Diesen Ausdruck hatte Sandra noch nie zuvor gehört, deshalb fragte sie nach der Bedeutung. Lea erklärte, dass Freddy und Marijke die Freikörperkultur lebten, das bedeute, dass sie eben gerne nackt seien. Je länger sie darüber nachdachte, desto weniger anstößig fand sie es. Schließlich liefen sie ja nur in ihrem Zimmer nackt herum. Dort können sie machen, was sie wollen. In der Sauna ist ja auch niemand bekleidet. Wo ist der Unterschied?

Das Seminar ging dem Ende zu. Freddy

wollte gar nicht an den Abschied denken. Er
kündigte eine Überraschung für Sandra nach
der Heimreise an.

Wieder zu Hause bekam Sandra täglich Post
von Freddy und Marijke. Sie riefen an und
bedauerten, dass sie so weit von ihr entfernt
wohnten. Das erschwere ein Wiedersehen.
Wenige Wochen später hatte Sandra
Geburtstag. Das Telefon stand nicht still.
Auch Freddy rief an: „Alles Gute zum Geburtstag. Ich habe dir vor einiger Zeit eine
Überraschung versprochen. Sie steht jetzt vor
deiner Tür!". Als sie zur Haustür ging, um zu
öffnen, ahnte sie schon etwas. „Wir sind die
Überraschung!", riefen Freddy und Marijke.
Zugleich fielen sie ihr gratulierend und
küssend um den Hals. Sandra freute sich
zwar, fühlte sich aber sogleich mulmig dabei -
irgendwie hatte sie ein ungutes Gefühl. Sie
stellte die beiden ihrem Mann vor. Auch er
fand sie nett. Je weiter der Nachmittag
fortschritt, desto deutlicher wurde, dass
sie über Nacht bleiben wollten. In Sandras

Wohnung gab es jedoch nur ein Schlafzimmer. Sie fragte sich, wie das gehen sollte.
Freddy und Marijke erklärten ihr, dass sie
extra ein großes Auto mit Schlafmöglichkeit
mitgebracht hätten. „Mach dir keine Sorgen.
Das ist kein Problem für uns! Wir wollen keine
Umstände machen", meinte Freddy. Sandra
war erleichtert. So gut kannten sie sich nun
auch nicht, dass sie schon die Wohnung mit
ihnen teilen wollte. Sie hätte sich besser
gefühlt, wenn der Besuch am Abend wieder
heimgefahren wäre.

Aber im Laufe des Tages war der Funke der
Sympathie auch auf ihren Mann überge-
sprungen. Deshalb schlug er kurzerhand vor:
„Ihr braucht doch nicht im Auto zu schlafen.
Das ist doch Quatsch. Wenn euch unser
Wohnzimmer reicht, dürft ihr gerne hier auf
dem Sofa oder einer Luftmatratze schlafen. Ist
doch besser." Dass ihr Mann auf so eine Idee
kommen würde, hätte Sandra nicht gedacht.
Noch nie hatte er jemanden zum Übernach-
ten eingeladen. Sie hatte ein schlechtes

Gefühl dabei, warum wusste sie selbst nicht.

Es war ein schöner, lustiger Tag gewesen. Abends hatten sie noch bei einem Gläschen Wein zusammen gesessen, bevor sie schlafen gingen. Am nächsten Morgen schlief Sandra noch, als ihr Mann schon früh aufstand und sich aus der Wohnung schlich, um zur Arbeit zu fahren. Als Sandra die Augen aufmachte, hatte sie das Gefühl ihr Herz würde augenblicklich stehen bleiben. Freddy saß auf ihrer Bettkante und beobachtete sie im Schlaf. Er war nackt! Wie ein geölter Blitz schoss sie aus dem Bett hoch und fragte verärgert: „Was soll das werden?". Er sagte mit ruhiger Stimme: „Ich wollte nur sehen, ob du noch schläfst. Kannst ruhig weiter schlafen!". Dann ging er wieder raus. Sie wusste gar nicht, was sie dazu sagen sollte. Nur schnell anziehen und Frühstück machen, dachte sie. Beim Kaffeekochen fühlte sie sich noch immer komisch, weil Freddy einfach in ihr Schlafzimmer gekommen war, noch dazu vollkommen unbekleidet. War es wirklich nur die Freude an der Nacktheit? Diese Gedanken schossen durch ihren Kopf. Noch dazu war sie mit ihnen alleine in ihrer Wohnung. Hatte er nicht Angst, dass Marijke sein Verhalten bemerken würde? Oder hatte sie nichts dagegen? Als sie sich umdrehte, lief Marijke nackt durch ihren Flur ins Badezimmer. Sandra ging nun davon aus, dass sie sicher gleich fertig sein würde und ging ins Esszimmer um den Tisch fürs Frühstück zu decken. Kurz darauf kam Marijke aus dem Bad. Immer noch nicht angezogen, wie Sandra feststellen musste. Und auch Freddy machte keinerlei Anstalten, sich anzuziehen. Offensichtlich wollten sie auch nackt frühstücken. Das ging Sandra entschieden zu weit. Sie fand weder den Anblick besonders reizvoll, noch konnte sie in diesem Moment Verständnis dafür aufbringen. Sie wohnte im Erdgeschoss. Der Raum hatte eine große Fensterfront ohne Gardinen und grenzte an einen gemeinschaftlichen Garten an. Aber das schien die beiden nicht im Geringsten zu stören. Sandra dachte nur:

„Oh je, wenn hier jemand durchs Fenster guckt. Was denken die denn von mir, wenn hier lauter Nackte durch mein Wohnzimmer springen?". Also bat sie die beiden, sich schnell anzuziehen und diesem Wunsch kamen sie gleich nach. Damit war alles wieder in Ordnung und Sandra war erleichtert. Sie frühstückten ausgiebig zusammen und unterhielten sich noch sehr gut, bevor der Überraschungsbesuch sich wieder verabschiedete. Sie hatten wirklich eine nette Zeit zusammen gehabt, trotz der unangenehmen Situationen. Sandra hatte auch an Toleranz dazugewonnen. Aber ein unangenehmes Gefühl blieb nach diesem Intermezzo der besonderen Art trotzdem zurück.

* * *

Kennen Sie schon das
Buch Kinder(reim)geschichten?
Es ist bei vielen Familien sehr beliebt.

* * *

Buch und Arbeitsheft
Kinder(reim)geschichten verbunden mit
speziellen Kinderlesungen sind zu einem sehr
beliebten Lernprogramm für Grundschulen
zusammen gewachsen.
Viele Schulen setzen es bereits erfolgreich ein.

Aaron und Anja Stroot

Kinder(reim)geschichten

mit liebevoll gestalteten Bildern

Lustige **Kinder(reim)geschichten** zum Vorlesen und
Aufsagen mit liebevoll gestalteten Bildern von Piraten,
einer Fee, einem Drachen, einem Ritter, einer Prinzessin,
einem Fußballstar, der Polizei und der Feuerwehr, einem
Dinosaurier, einem Krokodil und anderen Tieren…Eben
über die Dinge, die Kinder so sehr faszinieren. Ein Buch,
das eine Mutter mit ihrem 7-jährigen Sohn zusammen
verfasste.
"Von einem Kind für andere Kinder!"
Besonders geeignet für
Kindergarten- und Grundschulalter
ISBN 978 3 8370 3435 6   /   8,95 Euro
Jetzt auch mit Arbeitsheft!
http://kinderreimgeschichten.bodautor.de

Aaron und Anja Stroot
Arbeitsheft Kinder(reim)geschichten

zur Unterstützung des Grundschul-Unterrichts. Es kann von der ersten bis zur vierten Klasse immer wieder eingesetzt werden, da der Inhalt vom Ausmalbild über Lückentexte und jeder Menge Fragen bis hin zum eigenen Schreib- und Malauftrag reicht. Zur Nutzung des Arbeitsheftes ist das Buch Kinder(reim)geschichten erforderlich.

* Arbeitsheft Kinder(reim)geschichten
mit Kopiergenehmigung für die Grundschulen /
18,95 Euro - über die Homepage erhältlich
http://kinderreimgeschichten.bodautor.de

Lernen mit dem

Arbeitsheft Kinder(reim)geschichten

1.-4. Klasse

* * *

* Spaß am Lernen durch Themen,

die die Kinder wirklich interessieren

* Kreativität fördern

* Ausmalbilder

* Lückentexte

* Fragen zu den Texten

* Reime ergänzen

* Gedichte auswendig lernen

* Wörter nachschlagen

* Texte schreiben

* Bilder malen

* Gedichte aufschreiben

* Nomen, Verben, Adjektive unterstreichen

Auf unserer Homepage
http://kinderreimgeschichten.bodautor.de
finden sie:

* Mehr über Kinder(reim)geschichten
* Infos über die Autoren
* Einzelheiten zu den Büchern
* Termine öffentlicher Lesungen
* Neue Bücher und Projekte
* Infos zur Buchbestellung
* Kontaktformular

> > > > > > > > > >   < < < < < < < < < <

Haben Sie
* Fragen oder Anregungen
* Interesse an eigenen Lesungen
* eine Rückmeldung
nehmen Sie bitte Kontakt mit mir auf
über unsere Homepage